PARIS-BARRIÈRES

POÈME HISTORIQUE EN VERS

PAR

J. RAVIER (de Montbard)

Retraité de l'Octroi de Paris.

LA ROQUETTE, CHARONNE, MONTREUIL, VINCENNES, SAINT-MANDÉ

PREMIER FASCICULE. — DEUXIÈME VOLUME.

CHEZ L'AUTEUR

(A SAINT-OUEN), CHEMIN DE LA CHAPELLE, N° 76, ANCIEN 38

1879

A. M. COUSIN

Administrateur

BIBLIOTHÉCAIRE DE LA VILLE DE PARIS.

~~~~~~~~~~~~~~~~~~~~~~~

Dans ma jeunesse, bouquiniste si longtemps attaché aux boîtes étalées sur le parapet des quais, un jour m'est-il arrivé d'ouvrir un petit in-12 comblé d'à peu près deux cents vers et autant de lignes en prose : c'était le *Voyage de Chapelle et de Bachaumont*, la bluette de deux épicuriens respirant la verve à peine colorée, en tout, quelque chose d'assez insignifiant qui, cependant, pour sa collaboration dut porter le Conseiller au Parlement, Bachaumont, à la postérité !

Que les temps sont changés, grands dieux ! lorsque trente mille vers historiques sortis de ma plume, sans vous, Monsieur, n'eussent pas fait naître à mon oreille un seul écho ! Celui que vous daignez m'envoyer doit-il m'être agréable, porté, pendant six années, à côtoyer le public dédain de la poésie, n'ayant pas seulement voulu jeter un regard attentif sur mon travail, si j'en excepte les deux mots d'encouragement de M. Lockroy qui m'ont été donnés au commencement de ce poëme ; leur briè-veté, certes, n'aurait-elle pu suffire à me faire persévé-rer à accomplir une tâche aussi longue et aussi coûteuse, au regard d'une perspective de soixante mille vers en

deux gros volumes et du coût d'une somme de six mille
francs à tirer d'un pauvre retraité ; non, assurément, si
je n'avais eu pour me fortifier la pensée sortie de votre
esprit, qui m'a été communiquée par l'auteur du *Manuel
d'octroi*, M. Bonnet, notre sympathique libraire, cette
pensée, qui sera la consolation de mon courage, ayant
émis que : « l'œuvre de *Paris-Barrières* entrait dans le
complément indispensable de l'histoire de notre grande
cité », et, par le fait, quelle idée plus juste, lorsque ce
mot *Barrières* ! a pu, pendant plus de soixante ans, à travers les bosquets, les bals et les chansons, faire vibrer
la fibre parisienne dirai-je jusqu'au délire ! Il y avait
donc une véritable lacune à combler à la charge d'un
employé d'octroi ayant en service, parcouru le tour de
Paris. Pouvait-elle être prise par l'auteur des *Aubes et
Couchants*, mon ami Eugène Simon, aussi bien que par
moi qui, penseurs, avions pu observer toutes les péripé-
ties accentuées jour et nuit sur la vaste ceinture. Certes,
il eût été difficile à tout autre qu'un Octroyen d'exposer
cet immense travail lorsqu'il lui aurait fallu être témoin,
jour et nuit, à toute heure, des mille incidents attachés
à ces barrières vers lesquelles aimait à s'acheminer la
population entière de Paris.

L'œuvre, déjà, qui comporte un volume, tel qui doit en
englober un autre renfermant la vie et la tombe des morts
illustres du Père-Lachaise, n'est-elle point sortie de ma
pensée comme Minerve du cerveau de Jupiter. En est-il
de poétiser comme de chercher à exceller dans un art
quelconque; de bonne heure me fallut-il essayer ma
force; ainsi, après un volume de poésies publié en 1845,
encouragé verbalement par Balzac, ai-je dû m'arrêter
court pour reprendre vingt-quatre ans après, à l'approche de la liberté, cet alexandrin, le complément essentiel
de mon existence. Vers 1855, déjà, j'avais été frappé par

l'intérêt devant résulter de cet historique de nos mœurs
parisiennes d'autrefois, une feuille volante à cette date
me reporte-t-elle à un germe de description qui ne devait
aboutir que si longtemps après ; n'est-ce qu'en 1869, à
l'occasion de ces *Adieux à l'octroi*, produit à la fin de
mon premier fascicule, qu'un immense horizon vint s'offrir, à ma vue, m'ayant fait enfanter dix mille vers à la
lumière du réverbère, devant le carreau, à la lampe du
bureau, tel, surpris souvent le crayon et le papier à la
main pour recevoir quelque admonestation, soit, ce labeur obstiné qui devait n'être qu'une ébauche dont pas
un alexandrin ne devait me servir pour reconstituer mon
monument. Alors que tout se polit par le travail, ne faut-
il point s'étonner de mes fautes ou faiblesses qu'une
nouvelle édition aurait le pouvoir de corriger. L'avouerai-
je franchement, certains hommes éminents ont cru à la
fatalité des choses d'ici-bas, en est-il que je me croie
identifié à cette pensée, considérant les différentes phases de ma vie qui toutes semblent avoir formé une espèce
de faisceau pour contribuer à me lancer dans cette entreprise ; est-ce à travers de dures privations, au regard
d'une retraite pour vingt-neuf ans au grade de sous-brigadier, des tiraillements de ménagère criant à chaque
envoi à l'imprimeur : encore ! faut-il le dire aussi, avec
des défaillances laissant lentement errer ma plume,
considérant le mutisme attaché à chaque fascicule. Entre
tout, serai-je heureux à savoir qu'avant de mourir cette
œuvre sera menée à bonne fin, comptant si peu de res-
sources à lui donner ! C'est que ce voyage de 28 kilomè-
tres qui doit toucher tant de particularités est vraiment
long quant à surprendre toutes ses nuances, surtout devant être conduit par la poésie ; aurais-je pu le faire avec
la prose plus facile, sans doute, mais il est des sensibi-
lités qu'elle ne saurait atteindre, souvent impuissante à

enchâsser les nuances du sourire. La poésie est cette
note qui, dans la musique avec un point et un cercle au-dessus d'elle, comporte une exaltation au pouvoir d'enflammer notre âme. C'est cette note que j'ai
voulu employer en traversant cette ancienne gaîté du
dimanche et ces superbes ormeaux, rendez-vous des
amours ! Avec la prose, l'exaltation sur ce passé eût
perdu son légitime enthousiasme ; après tout, ma nature
poétique s'y est-elle opposée, en est-il que peut être
l'œuvre eût été abrégée, mais on peut voir que son dé-
veloppement ne fait pas languir sur les incidents ; en
résumé, dois-je revendiquer l'absolution des mes dé-
fauts, relativement à ma persévérance.

Ne faut-il jamais avoir passé sur le quai Voltaire
comme aux abords de l'Odéon, considérant ces monceaux de volumes ensevelis dans la poussière pour se
dégoûter à jamais d'écrire ! surtout, quand un éditeur
n'est point au bout ; bien mieux encore lorsqu'il s'agit
d'un ouvrage en vers que les trois quarts du monde
n'aime pas ou lit très-peu, soit que tel ne sache pas les
scander ou qu'il soit rebuté par ce manque de césure et
d'hémistiche, d'harmonie, en un mot, dont aime à se
parer l'école des Hugo, Musset, Gautier, etc., voire tant
d'autres que je n'ai jamais pu lire jusqu'à la fin, entraîné
au milieu des vers de 8 et 9 syllabes, de l'esprit pares-
seux voulant s'affranchir de la césure et par cela, faisant
éclore sa pensée sans ce rhythme, expression de la poésie. Ne suffit-il pas d'émettre les grandes et belles pen-
sées de Victor Hugo, il faut, pour notre oreille française, non son laisser-aller d'hidalgo, de troubadour es-
pagnol, mais cette poésie coulante dont, du reste,
Boileau nous a donné le modèle si bien reproduit à différentes époques par Voltaire, Delille, Lamartine et Bar-
thélemy, celui-là qui portait le nom de « Vivant Hémis-

tiche! » Est-ce de ces grands écrivains que je me suis inspiré, regrettant de ne pas voir à côté d'une presse, toute à ses intérêts d'annonces, telle autre indépendante, aller puiser à la source du dépôt exigé des exemplaires et donner au public l'appréciation, soit en bien ou en mal, sur l'ouvrage nouvellement paru; et dire que pour cette presse si féconde ce but n'est pas encore atteint! N'est-on pas peiné de voir ces Jeux floraux ne décerner leur prix de poésie qu'après une remise plus ou moins gracieuse de l'œuvre de concours entre les mains d'un comité qui ne se donne pas seulement la peine de vous répondre; lorsque faute d'aller consulter la source, doit-il se trouver placé en face de fâcheuses omissions! Est-ce donc par l'effet d'un bienheureux hasard, au milieu du désert qui m'entoure, qu'enfin j'ai pu trouver un marquant assentiment, celui-là, Monsieur, qui me fait, vous remerciant du plus profond du cœur, fouiller dans mon œuvre pour vous offrir la dédicace de ces vers en réponse à votre acquiescement spontané.

———————

A la place où nos fils à leur tour pourront dire :
La grille était ici! devant-elle longtemps
Paris prit ses plaisirs partant de ce beau temps
Où, là, des troubadours empruntant le lyrisme
Son esprit s'éclaira du pur patriotisme
Pour se débarasser de maîtres odieux;
Où, berceau des chansons, des élans généreux
Le peuple de Paris goûta la poésie
Qui, soixante-dix ans exaltant la patrie,
Attachée au devoir des enflammations,
Travailla noblement aux Révolutions!
A cette place enfin où, vif doux et fertile
« *Le français, né malin, créa le Vaudeville* »

Représentant l'esprit qui dans le monde entier,
Pris soit chez le bourgeois ou l'homme de métier
Fait dire en observant sont caractère affable :
C'est vers lui que la vie est la plus agréable!

Jules RAVIER

SUITE AU PÈRE-LACHAISE

Notre tâche accomplie au sein du cimetière,
Partant, son seuil franchi, l'aspect de la barrière
Doit–il donc réveiller chez nous le gai souris,
Nous faire retourner à ces bords de Paris
Dédaignés de l'esprit, tel, pourrait-on le croire,
Compris sans intérêt comme indignes d'histoire.
Triste prévention, en suivant leurs ormeaux,
Eux pourtant si remplis de curieux tableaux !
Leur animation, doux sujet d'espérance
Ayant pu sur nos mœurs attacher l'influence
De l'idylle et des chants lorsque leur port herbeux
Rempli de frais bosquets, provocateurs des jeux,
Des danses, des chansons, de la vive franchise,
Etait pour tout Paris une terre promise
Qui devait en raison pousser les travailleurs
Hors du bouge énervant, voire au milieu des fleurs,
Les polir, leur souffler alentour d'une table
L'esprit libre penseur et le transport aimable !
Effet imperceptible aux yeux d'esprits imbus
De préjugés communs, là trouvant des abus ;
Mais pour le scrutateur pénétrant toutes choses,
Pour une épine aussi qui put voir bien des roses !
Est-ce entre les travers d'insensés querelleurs,
Bien des traits généreux et de tendres douceurs !
Pour saisir cet entrain dans toutes ses nuances
Au pouvoir d'implanter les saines jouissances,
De rehausser la femme et porter l'homme au bien,
N'était-il que l'esprit d'un poète Octroyen
Constant observateur, en faisant sentinelle,
Des germes fondateurs d'une France nouvelle ;
Plus apte à relever à toute heure de jour
Les traits bruts à côté du doux transport d'amour ;
Ces buveurs obstinés endormis sur la table
Auprès du cercle avec un abandon aimable !

Quant au trait économe, est-ce bien mieux encor,
Là ce flux et reflux faisant ruisseler l'or !
Quoi, cette aire d'octroi l'aspect d'un port immense
Comportant le tribut d'où sort cette puissance
Des égouts, du pavé, là, tout voir arrêté,
Pour faire un vrai salon de la grande cité !
Sans doute un chroniqueur pouvait-il au passage
En prose découper quelque bizarre image ;
Mais pour admirer l'orme et ses épais abris
Où librement l'amour se donnait des souris,
Rendre la belle humeur est-ce au bal comme à table,
Nos champêtres plaisirs avec l'enfance aimable ;
Ces méandres fruitiers remplis de frais detours
Aux heureux écoutant les chants des troubadours,
Ces lilas, ces berceaux l'élégance coquette ;
Fallait-il, aux tons doux, le pinceau du poète
Dont ma main s'est saisie avec le seul espoir,
Arrivé chargé d'ans, est-ce à mon dernier soir,
De relire ces vers, le reflet de ma vie,
Tout ce que j'ai senti de douce poésie ;
Retrouvant ce passé plein de vives couleurs,
De m'en servir afin d'adoucir mes douleurs,
Soit ma lèvre sans feu ne pouvant plus rien dire,
D'offrir à ses tableaux oui, son dernier sourire !

    Appuyant vers l'octroi, ce qui frappe nos yeux,
Au sortir du charnier, est-il sans traits heureux
Lorsque devant les seuils nul entrain ne s'arrête ;
Le comprend-on sachant qu'ici c'est la...

———

XXVII

ROQUETTE

Sa grille d'où l'on voit s'avancer lentement,
Quinze à vingt fois par jour, tableau d'enterrement

Le dévouement aux morts montant l'étroite rue,
Entraînant avec lui les hommes tête nue,
Des femmes livre en main à travers un étal
De fleurs, de monuments, partant, cet idéal
De char au tour frangé traîné sans privilége
Toujours par deux chevaux dominant le cortége ;
Son cocher au bicorne, à plat, très haut porté
Jouet d'un dur pavé lorsque chaque côté,
Comptant des malheureux pour qui la vie est dure,
Sortant d'avoir vissé sur l'ensevelissure,
Paraissent les porteurs aides du fossoyeur ;
Ouvrant la marche enfin voici l'Ordonnateur
Au pouvoir du procès sur le cas qui l'arrête,
Le bicorne produit en pointe sur sa tête ;
Tel est le commissaire alors vous laissant voir,
Frangée en coton blanc, marque de son pouvoir,
La ceinture est-encor, comptant comme une branche
De l'uniformité, la canne à pomme blanche.
Si le convoi comprend l'apparat luxueux,
De l'octroi c'est vraiment l'aspect majestueux !
    Cadre tout aussi triste, en descendant la rue,
Devez vous aborder pour vous glacer la vue,
Dans deux vastes retraits, avec verte gaîté,
Des soldats ! la prison ! où, tel jour précité,
Celle du côté gauche à l'effet qui comporte
Un expiation devra devant sa porte
Offrir la guillotine avec le condamné
Bras liés, cheveux ras, puis le bourreau donné,
En touchant un bouton faire tomber sa tête !
Tel tableau recherché tout autant qu'une fête,
Quand pour le voir la foule a dû passer la nuit
Avec un froid piquant. Après l'acte le bruit,
Les lazzi répandus en quittant la Roquette,
En est-il pour pousser jusqu'à la chansonnette !
Le spectacle est fini, l'on en sort en riant,
Ainsi du citadin, l'esprit insouciant,
Sa curiosité vivace et dominante

Qu'un sang éclaboussé pas même n'épouvante !
A ce sombre tableau n'arrêtons pas nos yeux !
La place où nous verrons ce spectacle hideux
Dans ses sanglants détails est loin de nous encore.
Revenons à ce plan que notre tâche explore.
Faut-il tendre un regard sur le seuil opposé?
C'est le trait parallèle avec banc disposé
Pour asseoir des soldats gardes du haut portique
Au mutisme profond, la prison qui s'explique
Avec des ateliers, celle-là pour servir,
A l'enfance ayant pu déjà se pervertir.
Voire alors la jeunesse en ce lieu condamnée
A n'en sortir que près de sa vingtième année.
Avec des acacias pour l'agréable abord,
De hauts seuils arrondis trait à l'aspect d'un fort,
Toujours dans le silence apparaît cette place
Que la route partage ; pourrions-nous voir la trace
Du pavé sur lequel l'échafaud s'établit,
N'allons pas jusque là ; sans rencontrer l'oubli
Saurait-on désirer la rondeur plus coquette
Avec des fleurs, passons pour suivre la Roquette
Au dehors. Aujourd'hui ce bord emmenagé
Comme il l'était jadis n'a-t-il rien de changé
Que l'octroi disparu ; par-dessus sa barrière,
Vingt ans vont s'écouler avec le cimetière
De moins en moins bruyant quand un nouvel accueil
S'est produit pour les morts qui franchissent son seuil.
Pour chacun des entrants, c'est la cloche qui sonne
Lorsque jadis c'était, tout aussi monotone,
Le long coup de sifflet savoir qu'un, deux ou trois
Partaient selon l'endroit dont on avait fait choix.
Un coup répondait-il à la fosse commune,
Le terrain de dix ans, la modeste fortune,
En voulaient-ils donc deux quand d'un autre côté
Trois comptaient pour la tombe à perpétuité.
Aigus et prolongés résumant une pointe
Vous pénétrant le cœur, partant, leur triste plainte

Ainsi qui dut compter le « pauvre » corbillard
De Lemennais selon qu'il est dit d'autre part.
   Avant mil huit cent quatre, alors qu'en hypothèse
On pouvait seulement voir le Père-Lachaise,
Sur ce point faisant face à de hauts contreforts
L'aspect de la Barrière accusé sur ces bords
Etait-il donc tout autre ; ainsi, dans la muraille
Pour ce côté désert, sans une large entaille,
Avait-on donc ouvert, face à l'impasse encor
Que l'on voit aujourd'hui devant donner l'essor
A la porte bâtarde autrement cette entrée
Pour le terrain des juifs, la porte délabrée
Du nom de : Saint-André, sans aucun débouché,
A fermeture en bois, son passage attaché
A de rares piétons. Lorsque le cimetière
Fut décrété, dès lors, cette inutile artère
Que l'on devait combler pour ouvrir à côté,
Face au seuil du charnier rempli de majesté,
Produite en fer forgé, la porte assez coquette
Du nom de : Mont-Louis, plus tard dite Roquette,
Par un cours naturel voulant avec raison
Comprendre le charnier ainsi que la prison.
Par ce nouveau travail de majeure ouverture
Laissant devant l'impasse un effet de courbure,
Voire l'évasement, bordant le boulevard,
Restait-il donc ce vide où, sans goût et sans art,
L'on mit un bâtiment, bicoque d'un étage
Avec le jardinet laissant quelque courage
A vouloir l'habiter, humide et froid d'ailleurs
Avec seuil de plein pied, rendez-vous des rongeurs
Sortant d'avoir vécu soit sur la chair humaine
Ou sur les chiens crevés, surmontant toute peine,
Par le toit ou la cave, en dépit du poison,
Infectant l'employé jusque dans sa maison !
Devait-il les surprendre en face la Barrière
Nombreux pendant la nuit, répandus sur son aire
Pouvant au clair de lune, est-ce entre mille tours

Les voir cabrioler, accuser leurs amours.

Lorsqu'aujourd'hui l'on trouve aux abords de Cayenne,
(Cimetière Saint-Ouen), la grande route pleine
De débitants de vin, partant de gais abords
En quête d'héberger la conduite des morts
A qui mieux mieux offrant l'endroit le plus à l'aise,
Pouvait-on croire alors, pour le Père-Lachaise,
Aussi les cabarets devaient être nombreux ;
Dispersés dans l'impasse avec l'aspect piteux
Deux au plus pouvaient-ils faire maigre figure ;
Sous le premier ormeau, partant de l'encoignure,
En était-il donc un pour offrir le pouvoir
D'attirer, mais trop loin, lorsqu'après le devoir
Accompli, tout chacun conduit par la descente
Pénétrait dans Paris, n'ayant à voir la vente
Que de fleurs, de tombeaux, nul pas n'étant tenté
Par le vin d'un débit plus chèrement compté,
Voyait-on donc alors peu d'entrain sur la ligne,
Le commerce au dehors n'offrant qu'un faible signe,
Faisait-il que l'octroi dans de bien rares fois
Avait à percevoir ; quelques dalles et croix
Ayant ainsi fait naître un carnet de recette
Tenant Petit Comptant, soit. nullité complète.

Laissant derrière nous les verdoyants tombeaux
Du long cours terrassé rempli d'arbres nouveaux ;
Faut-il retrouver l'orme et la sombre muraille
Au coude prononcé, la nuit, vaille que vaille
Où l'on doit rencontrer, comme un fantôme à voir
Tel commis à pas lent comportant le devoir,
Avec les yeux au guet et l'oreille attentive,
D'arrêter du fraudeur la sourde tentative
Telle, avant moi, qui dut s'offrir sur ce détour
Pour un drame en sortir. Par quelque sombre jour
De mil huit cent trente-huit un commis de service
Ayant vu sur le mur assez haut précipice,
Tenter une escalade alors qu'à l'opposé
Un complice approchait, se croyant exposé,

Vint-il droit au premier, sans préalable enquête
Avec son pistolet pour lui briser la tête!
Justice à contester, pourquoi donc tout d'abord
N'avoir pas engagé le défensif effort
Avec ce survenant bien plus facile au crime?
Sans marque de combat produire une victime
Fut le cas du peureux jugé sévèrement,
Pourtant qui fut absous. Exemple du moment
Où, devant les rapports de fraudes très-actives
On attachait le crime aux moindres tentatives.

   Deux cents pas révolus, un rayon de soleil,
L'œil fixé sur le mur, doit-il mettre en éveil
Son regard attentif devant un replâtrage
De huit pieds de largeur. Si l'on ouvre la page
Du vieux Paris alors que le mur fut construit,
Doit-on comprendre, ici, le passage détruit
Produit de prime abord dans la longue ceinture
'Avec ce nom donné, sans comporter l'enflure:
La Barrière des rats ayant dû pulluler
Parmi d'affreux dessous pour faire reculer
Les passants pouvant voir la petite Pologne
Attachée à ces bords, une odeur de charogne
Et les rongeurs sortant des toits des chiffonniers.
La crainte du fraudeur dans ces moments premiers
Vint-elle à prévaloir, soit, l'utile mesure ·
D'abord d'économie en bouchant l'ouverture
Et puis le cas majeur de l'entrain frauduleux,
Au regard d'employés en tout temps laissés deux,
Tels, dans l'isolement, placés sur la distance
A ne pouvoir trouver une prompte assistance,
Celui-ci faisant troupe avec matraque en main
Nargue des deux commis et de leur sabre vain
Qui, chargé de butin, pouvait sans grand courage
Ni moyens disposés se créer un passage.
Communs tableaux mêlés de combats malheureux
Que devait arrêter mil huit cent trente-deux.

   Retournons au long cours, à sa couleur locale.

La Roquette quittée, entre cet intervalle
D'elle jusqu'à Montreuil, dans ces jours de marché
Donné pour les bestiaux, était-il qu'arraché
Quatre, sinon trois jours à son profond silence,
Ce bord devait bruir partant de la puissance
Pendant ces nuits d'été, là, de matins si beaux
D'attacher la poussière aux feuilles des ormeaux.
Parmi ce long parcours sans trouver de Barrière,
Marchant à la lueur du branlant réverbère
Prisonnier sous les bras du puissant végétal,
Sur deux becs bien souvent avec un d'anormal,
Etait-il donc à voir, au milieu du nuage
Un prudent moutonnier au pas lent, l'esprit sage
Pour que tout écloppé restât sur ses talons
Partant, ce conducteur, de quelques cents moutons
Lui, marchant par devant et son chien par derrière
Ces deux insuffisants dont ce Paris-Barrière
Doit témoigner plus loin, avaient-ils pour devoir
D'accuser au complet le compte à l'abattoir
De Montmartre, ceux-ci faut-il qu'on ne confonde
S'en allant aux martyrs par le chemin de ronde
Au sortir des marchés de Sceaux et de Poissy.
Pour entrer ces bestiaux, fallait-il donc ainsi
Large place, la grille où l'animal sauvage
Devait, par un crochet, trouver juste passage.
Le Trône avait-il donc cet abord important
Pour servir l'abattoir nommé Ménilmontant,
Tous ces vilains dessous ayant à les conduire
Auprès de la Roquette afin de les produire
Au comptage octroyen, sur le cours Parmentier
Pris par cet abattoir; quelque morne quartier
Répondant, sans commerce, à cette vieille église
Saint-Ambroise aujourd'hui disparue et remise
Sur un pied de richesse à vous percer le cœur !
Songeant à ces millions pris sur notre labeur,
Sans rapport, leur effet, pour grandir l'influence
Contraire à tout progrès, d'une occulte puissance ;

Fastueux monument contre la vérité,
La non-valeur, un fait de non-intégrité
Lorsque tel qui ne croit à sa vaine prière
A dû par ses impôts, lui fournir une pierre ;
Soit, cet inique vœu qui, sans être chrétien,
Bien plus fort, vous en fait supporter l'entretien !
Au regard des millions dont nous payons les notes,
Dans le but simplement d'amuser des dévotes.
Faut-il dire à quel prix s'est fait, si fastueux,
Ce clocher sans donner de part aux malheureux
A l'égal des concerts, lorsque sa quête en somme
Est pour borner l'esprit sous les ordres de Rome,
Cette devise au bout que chacun connaît bien :
« L'église reçoit tout et ne rend jamais rien ».
Au profit de ce faste, ai-je pu voir, ô honte !
Le passage d'un pont prendre un sou sur le compte
D'un malheureux, partant, n'eût-il pas mieux valu
Aux confins de Bercy jeter le dévolu
D'un rachat ? c'est orgueil, sa marque indélébile
Revient-il donc au prix de voir la grande ville
Avec d'affreux chemins comme ceux du Canal ;
Ainsi, les yeux jetés en amont, en aval,
Trouver des ports marchands envahis par les crues
Et l'inondation dans les champs et les rues !
En d'autres cas l'enfant, pour son instruction,
Astreint à s'égarer au bout d'un long rayon
Pour devoir bien longtemps solliciter sa place
Près de l'obédient, de ces enfants d'Ignace
Qu'on a pu voir traduits devant les tribunaux !
Soit enfin cet éclat primer sur les travaux
D'une modeste salle étalant à la vue
Ces fleurs à rencontrer dans toute l'étendue
Du rayon de Paris, quand un pouvoir heureux
Comptant l'utilité, tout en charmant les yeux,
Pourrait nous enseigner leur bienfaisant usage !

   Du trait désespérant, retournons au feuillage,
A son pavé, la nuit, après jours de marché.

Toujours, par les bestiaux, dégoûtamment taché
Sa largeur, et bien plus, très souvent dépassée,
Par les pauvres bêlants laissant par la pensée
A voir le conducteur en tête du troupeau,
Par derrière son chien; complément du tableau,
Entend-on des sifflets, éveil de sa prudence
Dont nous allons montrer toute l'insuffisance
Ayant pu laisser prise à la soustraction.
Ne produisant jamais d'autre animation,
Côtoyons l'autre bord en dehors du feuillage,
Trait parallèle au mur, est-il un paysage
Assez gai ; sur ce cours, des terrains cultivés
Bordés par des hangars, des retraits non privés,
Offrent-ils les côtés remplis d'une herbe tendre
Qu'en passant la brebis quelquefois a pu prendre,
Faiblement, pour sitôt regagner ses pareils
A l'aboiement du chien; mais les constants éveils
Du sifflet n'ont-ils point porté la vigilance
Du chien parmi les coins, alors que la puissance
De l'herbe sur la soif a pu faire attacher
Un malheureux boiteux au retrait maraîcher
Rempli de haut dactyle, étroit et noir passage
Où le chien l'a laissé, partant, ce pâturage
Qu'il a suivi tout près d'un guetteur riverain,
L'araignée, au milieu de son vaste terrain,
Qui pousse doucement au sein de l'écurie
L'animal, crainte alors que le malheureux crie,
Pour sitôt procéder à son égorgement,
Eh quoi, pourrait-on dire avancé d'un moment!
Ainsi, pour éviter bien des pertes cruelles,
Dut-on mettre au troupeau l'arrière sentinelle
Quelquefois, dans le trou, près de l'orme creusé,
Pour attacher les pieds du mouton épuisé ;
Près du malheureux bœuf, les genoux sur la terre,
Malgré les dents du chien, le bâton, l'étrivière,
Avec le froid dédain du caractère humain
Attendant tout du sort; ayant le lendemain

A monter dans un char aux puissantes ridelles
Sortant d'avoir subi bien des phases cruelles.
Avant l'enlèvement par les roulants moyens,
Voyait-on ces moutons, leurs pieds par des liens,
Entravés, exposant la sanglante couronne
Dans cet état portés vers l'octroi de...

XXVII

CHARONNE

La Barrière, autrement, au regard d'un local
Devant fournir aux yeux l'aspect monumental
Ici disgracieux, savoir la lourde forme
D'un étage produit avec le bloc énorme,
Autre V renversé pour former l'escalier ;
Quant au trait déplaisant qu'on ne peut oublier,
Sont-ce ces petits jours pris pour chaque fenêtre
Attachant au dedans le manque de bien-être,
Soit un air de tombeau, pour affirmer le laid,
Ne voulant de persienne encor moins de volet.
A la grille formant l'anguleuse préface,
Est-ce l'étroit bureau, sa grille à large face
Laissant voir au-dedans le pavé montueux,
Des *dessous* maraîchers avec sentiers affreux
Puis l'infernale rue, en sais-je quelque chose,
Aux maisons, où, la nuit personne ne repose.
C'est ainsi que sortant de louer un local
Sur ce bord, croyant prendre, avec l'état normal,
Emménagé du jour, la nuit délicieuse,
Je devais rencontrer la perspective affreuse
De trois mois sans sommeil ! la tremblante maison
Pour arrêter l'horloge et fendre la cloison !
Fièvreusement frappé par le roulant passage
De char-à-banc, de fiacre est-ce avec le tapage

Du cheval s'échappant avec le mors aux dents
Vers l'écurie, ainsi, portant des pas ardents.
Conçoit-on l'habitant sans fermer la paupière,
A cet effet, au diable envoyant la Barrière !
Comme tout ces dedans avoisinant l'Octroi
Le trait mort en comptant la tolérante loi
Pour tout objet minime accordant la franchise ;
De là l'extérieur où, si tel ne s'y grise,
On le trouve ravi disant d'un air heureux,
Après deux litres bus, voire en fermant les yeux
Près de l'enfant la femme, aussi bien ses victimes :
Que me reprochez-vous ? j'ai gagné vingt centimes !
    Portés vers ce dehors invitant au bonheur
De boire en s'amusant, n'est-ce avoir de l'ardeur
Commercial qu'aux points partant des encoignures
De l'ouverture en face ; en suivant des masures,
Abris agriculteurs, quoi sans longtemps marcher
Voit-on donc apparaître un pays maraîcher,
Sa verdure au soleil qui réjouit la vue.
Portant chaque côté les yeux sur l'étendue,
Là, pourrez-vous partout voir le cultivateur
Attester La Fontaine aux taux du laboureur
Avec la bêche en main. Ici point de garenne
Ni d'herbiers figurant la monotonne plaine,
Bien moins tous ces vergers à riche floraison
Cachés aux promeneurs par des murs de prison ;
Alentour, nul chantier non plus que de fabriques
Laissant évaporer des odeurs méphitiques,
C'est partout la clôture en minces échalas
Aux bouquets de sureau, d'épine et de lilas
Pour permettre au regard, sensible à la nature,
D'admirer les trésors produits par la culture.
Ainsi, quand promeneur, l'habitant des lambris
Vient récréer ses yeux sur ce bord de Paris,
Dans ce site toujours égayante nature
Où le fraisier vous tend sa stolone bouture,
Sa main démonstrative avec un doux bonheur

Peut-elle soupeser le raisin tentateur;
Près du lourd potiron, de son ventre jaunâtre,
Retenant devant lui quelque transport folâtre,
Une mère accédant, au désir enfantin
A-t-elle le pouvoir, sur son brillant satin,
De diriger ses doigts, sans peine de lui faire
Un bouquet de bassins, d'anthémis, de stellaire
Soit, sa leçon devant le fruit qu'on peut toucher
Mais criminel alors qui voudrait l'arracher !
Si le couple plus loin atteint un paysage
Avec la route offrant le noyer pour ombrage,
Peut-il donc aussi bien, pour contenter ses yeux,
Dans l'herbe ramasser ses fruits défectueux ;
Soit, à ce seul plaisir, que son élan s'arrête !
Si jamais dans ces champs il arrivait une fête
Désireux de jouir d'un champêtre régal
En face du verger tentant par son étal
De fruits mûrs exposés en paquets sur la branche,
Croyant au paradis, qu'il veuille un beau dimanche
Les yeux, les bras tendus vers l'objet tentateur
En demander l'achat près du cultivateur !
Approche citadin, avec ton air candide
Là, dois-tu voir l'appât du campagnard avide
Entrer dans ton désir, mais alors détaché
Au prix trois fois plus cher que celui du marché !
Esprit juste, sans doute il n'est point arbitraire
D'augmenter le beau fruit en tout cas nécessaire
Dans un adroit mélange à passer le fretin ;
Faut-il voir ce malin à la halle, au matin,
Exposer son panier l'étroite menterie,
Vous laissant entrevoir comme une allégorie
Quoi, cet esprit trompeur offrant la liberté
Au sortir de ce vote, acte du député,
Produite comme un fruit propre à la république,
N'accusant après tout qu'un leurre énigmatique
Cachant toutes les lois de la réaction ;
Payé cher, devient-il notre possession

Que ce fruit, sous la dent, don du charlatanisme
Vous répugne ! à sentir un goût d'opportunisme
Trait à l'arbre caduc au vieil enraciné,
Sans quelque greffe heureuse, à l'esprit obstiné
De l'électeur au lieu d'employer la jeunesse
Qui n'entend demander qu'à la vieille paresse..!
   Revenons aux ébats des plaisirs citadins;
Perdu dans les détours de ces profonds jardins,
Là, que nul promeneur, poussé par la folie
A vouloir contenter quelque coupable envie,
Passant furtivement la main dans un enclos
N'en arrache des fleurs, des fruits à peine éclos ;
Que jamais maraudeur, soit gourmand ou cupide,
Quelle que soit sa force ou sa course rapide,
Ne dévaste le champ péniblement ouvré;
Surpris presque toujours est-il sitôt livré
A la force, au regard d'une prison future,
Souvent avec revers marqués sur sa figure!
Entrant dans ce délit, le citadin follet
Ne rit-il plus dès lors qu'il est pris au collet;
Pour lui, le paysan devient dûr et rapace,
Il sait par où percer la plus forte cuirasse :
Effrayer le badaud en criant : Au voleur!
Au milieu des éclats d'une feinte fureur
Parlant haut de gendarme et puis du commissaire,
Dominé par les cris grossissant son affaire,
Le plaisant sur un ton qui cherche à s'excuser
Une main dans sa poche, offre d'indemniser;
C'est là que l'attendait notre rustique avare !
Partant, qu'il se rencontre avec un jeune ignare,
Celui-ci, trop heureux, lui verse tout son or :
J'ai connu ce pigeon, honteux il court encor!
   Est-ce en toute saison, au gaz de la Barrière
Qu'on voit ces jardiniers calculer de manière
A primer au carreau par l'apport curieux
De fruits plus ou moins mûrs pouvant flatter les yeux.
Usant des chauds abris, cette cause leur donne

A prendre dans l'été les produits de l'automne ;
Le terreau, les chassis, un savant ébranché,
Ont-ils pu les conduire en avance au marché
Portant le bien paré, tel fruit faut-il le dire
Sous la dent de l'enfant seul à pouvoir produire !
Comptant sur le coup d'œil et sur la nouveauté,
L'esprit calculateur ne s'est point arrêté.
Que ce fruit soit acerbe, a-t-il de l'apparence?
C'est l'achat assuré, grâce à cette influence
Les groseilles ballons, encor dans la verdeur,
Trouvent l'écoulement. Sous le nom de primeur,
Le pouvoir du soleil, sur quelque poire ou pomme,
A-t-il mis sa couleur à supposer qu'en somme
Elles sauraient mûrir dans le fond du panier,
On *embague* en comptant sur quelque gros denier !
Notre madré, bien sûr, rentré dans son herbage,
De n'entendre jurer sur le *vert* ou la *cage.*
A-t-il donc entrevu le pâle bigarreau
Avec un peu de pulpe autour d'un gros noyau,
Cet aspect tient pour lui maturité complète !
Pêches, prunes, raisins, on en fait la cueillette
De même, emmaillotés en rustiques paniers,
Dirigés sur la halle, arrivés les premiers,
Seront-ils vendus cher à cette clientèle
N'estimant qu'apparence et que chose nouvelle.
    Mais entre tous les fruits, passagers sur ce bord,
Le seul pris par l'octroi comme objet de rapport
Présenté dans les jours d'humidité, de fange
De l'automne était-il ce raisin de vendange
Constituant le vin, répondant au trait noir
Que l'octroyenne loi dut d'abord percevoir ;
Mais la fraude au mélange ou bien à la surface
Du blanc exempt des droits ayant souvent sa trace,
Fut-il donc que le fisc sans égard de couleur
Fit passer tout raisin devant le percepteur
Pour donner dans la nuit, la bascule en puissance,
A ce calme pavé quelque peu d'importance.

L'accès dedans Paris, à dix heures du soir,
Ainsi réglementé, nous faisait-il donc voir,
Soigneuse de son fruit, la vive paysanne
Marchandant au commis est-ce une main profane
Au sein de son panier! Le mouchoir en fanchon
Sur sa tête couverte encor du capuchon
Porté court sur les reins, de gros jupons bourrée
Roides et tout fripés, sa chaussure ferrée
Faut-il l'examiner alors que le sondeur
S'impose à son trésor; « Hélas quelle douleur! »
Par la sonde ou la main, tel est le choix à faire,
Faut-il voir au milieu! notre fonctionnaire
Insiste-t-il alors pour se trouver devant
La mère en gémissant qui défend son enfant!
Que le prix d'un procès enfin porte à souscrire
A la formalité. Comprend-t-on le délire
S'élevant en ce cas, justement protecteur
D'un pauvre trois pour cent conquis par la sueur!
  Charonne, pris de jour, fait-il voir l'importance
De jaugeur, de sous-chef est-ce avec l'assistance
De deux simples commis, son aire sans largeur
Ne devant envoyer au triste receveur
Que des bois, du charbon, moellon, pierre de taille,
Eparses quantités; tel jour dans la muraille
Fait pour le paysan, à cet effet compris
Pour offrir plus souvent un accès dans Paris
A quelques blanchisseurs, à ce char pauvre et sale
Aux produits végétaux s'en allant à la halle.
  Lorsque l'on prend la carte et qu'on jette les yeux
Sur le Paris sortant par ce bord populeux
Et que pour sa gouverne on veuille voir où donne,
Comprise après « Les Rats », la porte de Charonne,
Savoir à sa sortie un village compris,
Le chercheur dans ce cas doit-il être surpris,
Croyant du géographe, ici, quelque lubi
De lui voir accuser ce nom : *Fontarabie*.
Trait à mil huit cent huit, reportons-nous à voir.

Un Paris sans essor, soit, l'impuissant pouvoir,
Sans la loi de Martin .dite expropriative
N'ayant pas une rue, un cours, la perspective
A pouvoir dénommer en exaltation
D'un fait victorieux, d'une grande action ;
Qui, pour se rattraper sur ce fait d'impuissance
Attachait à ces murs le fait de circonstance.
Entre vingt sièges pleins de sanglantes horreurs
Au centre de l'Espagne où nous fûmes vainqueurs,
S'offrit Fontarabie alors pour que Charonne
Eut à prendre ce nom, en tout cas que personne
Ne devait employer, à compter d'autre part
Que, sur aucun endroit du tournant boulevard,
Comptant l'indifférence au criant caractère,
Aucun bureau n'offrait le nom de la Barrière
Sans cependant qu'on dût ne point le voir parfois,
Sur fond blanc, exposer les vieux traits d'autrefois,
Du caractère, alors, la sagesse entendue,
Ne voulant point de « saint » pour vous nommer la rue.
    Du calme de ces bords entraînant tous les jours,
Pour jouir du gargot, ces ouvriers toujours
Avec'le vin moins cher, préférant le parage ·
Du dehors aux débits ou l'on parle d'ouvrage,
Sortons pour retrouver un autre point du mur
A l'accès dans Paris, parcours sombre, peu sûr
La nuit pour le public sans quelque clair de lune ;
C'est que sous ces ormeaux, est-ce à peine à la brune
L'ombre épaisse apparaît, leurs torses monstrueux
Ont-ils en cet endroit trouvé le sol heureux
Pour prendre, en soixante ans, la séculaire allure ;
Savoir que sur ce cours, juge de leur tournure,
Mon plus large embrassé pouvait compter trois fois !
Plus heureux que nous tous, sous le règne des Rois,
Sous ces tyrans toujours l'entrave de l'idée
Ayant pu, frais rideaux d'une immense coudée,
Sans redouter l'orage et son vent entêté
Accuser le progrès en toute liberté !

C'est ainsi qu'au printemps, fatal au jardinage,
Habitant ces palais, désertant le branchage,
A la nuit, j'ai pu voir l'insecte au ver hideux,
Ce haneton maudit objet des cris joyeux
Des innocents bébés entrer dans une nue
Pour produire en plein jour la nuit sur l'avenue!
Tel, métamorphosé, pour être destructeur ;
Nargue du maraîcher, de sa juste fureur,
Qui peut voir au soleil, dans ses plans de salade,
Tel et tel se faner comme un être malade
Qu'il déterre au regard, devant le plant perdu,
De l'ouvrier mineur, affreux individu
Pour manger la racine, objet de sa conquête,
Ayant agi des dents, des pieds et de la tète!
S'ils produisent le soir un sourd bourdonnement,
Ces refuges si beaux offrent-ils l'élément
Plus agréable à suivre à l'heure matinale
Partant de tel dimanche, après que dans la salle
D'un salon de Charonne une noce a dansé
Pendant toute la nuit, soit, le plaisir lassé,
Nous parlons du commun de la classe ouvrière,
Ne voulant pas rentrer par la même barrière
Qu'il a dû prendre hier, pour jouir d'un coup d'œil
Agréable qui tient à passer par....

XXVIII.

MONTREUIL

Fi! du trait d'impudeur, commun dans le grand monde,
Des époux envolés; sur le chemin de ronde
Flageolet en avant, les amis, deux par deux,
Suivent nos fiancés, enlacement heureux,
Tel plaisir vers sa fin qui tendrement s'exhale,
Elle, qui va quitter sa robe virginale
Dans le sein du logis d'un modeste ouvrier

Lui, ses gants son habit pour le lourd tablier
Soit, sur ce boulevard allant à la Barrière,
Avant de s'attacher le collier de misère,
Ces derniers pas avec le frais esprit d'amour
En eux-mêmes marquant la fin du plus beau jour!
Est-il un seul témoin à cette première heure
De ces élans si doux, lorsque la lèvre effleure
Celle qui lui répond avec le même accent,
Se donnant tour à tour un regard languissant!
Celui-là, l'Octroyen, vers le mur, tel fantôme
Respirant à plaisir cet amoureux arôme
N'est-il jamais compté; que pour tendre le bas
La jupe se relève, apercevoir là-bas,
Avec sabre au côté, cet homme en uniforme
Circulant à pas lents derrière les troncs d'orme,
Le sexe sans rougir, son sans-gêne commis,
Doit-il dire, après tout, n'est-ce que le commis!
La nuit, servant d'appui, suit-on sa perspective
Par crainte du bandit, qu'un peu de jour arrive,
Auprès de son mur gris est-ce alors l'isolé
Qui doit voir le passant aussitôt envolé
Sur la ligne opposée, à l'air, devant l'image
De ces champs maraîchers, ses poumons, son visage
A la brise, au langage égayant des oiseaux
Dilatés en marchant le long des grands ormeaux!
Dessus leur sable fin, son herbe sans rosée
A pointe claire et courte, assez bien accusée
Comme un duvet luisant, autrement cet écrit
De vingt ans sur la lèvre heureuse du conscrit!
Cet attrayant parcours a-t-il encor sa trace
Au fond de ma pensée, est-il donc si vivace
Oui, pour me rajeunir, tendre à mes derniers jours
Ce tableau verdoyant tant aimé des amours,
Imposant au vieillard, au reste de sa vie,
Contre un criant oubli, sa fraîche poésie!
    Que sont-ils devenus ces troncs majestueux,
A l'égal des clochers faisant lever les yeux,

Abris de l'octroyen pendant les nuits d'orage,
Vous offrant, toujours sec, à leur pied un passage?
Revers de quarante-huit, de libérale ardeur,
Un matin, au milieu d'une immense clameur,
J'ai vu des furieux, avec l'élan magique
Les abattre en criant : Vive la République !
Soit, ces tristes sciés sous un rouge étendard
Ainsi barricader le large boulevard,
Attendant des suppôts altérés de carnage
Aux ordres de Guizot l'homme au jaune visage .
Point de regrets alors si grand qu'il ait été
Si l'acte destructeur fut pour la liberté !
Sa lueur éphémère, hélas ! faut-il le dire,
Voire après Cavaignac, que nous souffla l'Empire ;
Le premier comportant ce zèle ambitieux
D'arriver au pouvoir, ayant pu, traitre affreux
Employer des enfants, parisiens caractères,
Dans un sanglant combat de frères contre frères !
Pour se briser, honteux, sur le roc du destin,
Nous laissant hériter dans un fatal matin
Du bandit affamé de la police anglaise
Qui devait tant peser sur la grandeur française
Pour nous désespérer, lorsqu'il faut concevoir
Qu'il en ressort des lois faites sous son pouvoir
Contre la liberté, ce qui nous déshonore,
Après l'homme chassé, dont on se sert encore !
    Avec de nombreux chars aux fumiers purulents
Envahissant l'abord des gargots restaurants,
Sans la pente observée à la porte dernière
Avec son même aspect nous touchons la Barrière,
Répondant à Montreuil, son aire avec l'essor
Plus large pourait-on peut-être dire encor
Appelant, du faubourg, d'ouvriers une armée,
Plus agréable aux yeux, étant plus animée.
Répondant à l'octroi, saillissant largement,
Devons-nous rencontrer le même bâtiment
Que nous offrit Charonne, apparence massive

Produite simplement pour faire perspective
Entre cette largeur, grandiose tableau,
De dix à douze pieds, pris du mur à l'ormeau ;
Pour nos anciens fermiers, le large monticule
De ce haut escalier montant au vestibule
Comportait-il l'effet le plus superbe à voir
Pris dans l'éloignement; sorti de ce pouvoir
Bien modeste produit pour récréer la vue,
N'était-ce à voir de près que la lourde bévue
Avec un angle vif sans effet gracieux.
Tenant à l'escalier, ce qui frappe les yeux,
Groupés par l'octroyen, ce qu'en somme on appelle
Des outils, revient-il aux sondes, aux échelles
Auprès du reposoir, fuligineux tréteau,
Pour servir au dépôt du long et lourd fardeau
Du placide Auvergnat, sa coiffure en bavette
Assise du charbon soumis à la recette
Dressé haut pour devoir, avec facilité,
Tomber presque toujours sur quelque dos voûté.
Ce soulageant support, est-il qu'il se répète
Au bord du boulevard, non point vers la guinguette,
Mais à côté du bouge à branche de sapin,
Voir l'enseigne au-dessous dite: Au fameux Lapin !
Avec la fresque, ici, sa grossière peinture
Vous offrant l'animal en grotesque figure ;
Encor, sous des lauriers, un sujet de jambon.
Dans cet antre, partout noirci par le charbon,
L'ouvrier citadin voudrait-il faire pause
Pour entendre un parler et sentir quelque chose
Sans nul rapport avec les gargots d'alentour ;
Les bancs, la table rude aussi bien, qu'un air lourd,
Presque nauséabond, des cris d'étrange sorte
Doivent-ils, sans tarder, le pousser vers la porte
Soit, à regret pourtant, après avoir goûté
L'appétissant jambon de Clermont apporté ;
Non du vin mélangé, mais un cru de montagne
D'une couleur de sang, tiré de la Limagne

Pénétrant l'estomac, est-ce avec la chaleur,
Pour donner de la force aux bras du travailleur !
　Un coup d'œil étendu sur la face locale
Prise à l'intérieur doit la trouver égale
A tous ces bords muets, pour de bonnes raisons,
Voir des seuils sans boutique et de basses maisons
Ailleurs pour la misère, ici face changeante,
En coudant sur la gauche est-ce l'heureuse entente
Dans la propriété, soit, tel agreste abord
Mais avec le jardin relevant de l'effort
Le plus intelligent ; chaque porte cochère,
Pour ne point accuser la trace maraîchère
Comportant l'aspect nu près du tas de fumier,
Mais l'étal révélant l'artiste jardinier.
L'amateur peut-il donc observer au passage,
Serait-ce chez Guérin, un charmant assemblage
D'hortensias, d'azale et de rhododindrons ;
Là, quelque concurrent parmi ces environs
De même aspect touchant au faubourg Saint-Antoine
Pour vous faire admirer certain plan de pivoine,
Quelque macrocéphale, assez rare jugé
Pour valoir mille francs ! soit, en dix partagé,
Chaque éclat pour donner après deux ans d'espace
Le pouvoir de couvrir trois mètres de surface !
Au prix de cinq louis, partant, avec faveur
Accordé, sans nul doute, au riche souscripteur.
　Laisons ces tristes bords, sans le roulant négoce,
Dépourvus de trottoirs où le pavé fait bosse,
Son interstice herbeuse, quelque délabrement
Du Paris primitif au faible écoulement
Pour l'eau faire sentir le stagnant et putride.
Retournons sur nos pas avec la vue avide
De voir l'extérieur où l'on met le holà
Sur les seuils, mais qui plaît lorsque la vie est là ;
Son approche doit-elle éclairer la figure
Du travailleur qui fixe au loin cette encoignure
Le but de son repos au regard du taudis

Rempli d'enfants criards, là, quelque paradis,
L'ordinaire absorbé, tel, de sept sous comptable
Qui lui permet, ainsi, les coudes sur la table
En face d'un ami, voir entre eux le journal,
De causer politique, intérêt général
En conséquence, alors, l'union fraternelle,
La camaraderie influente étincelle
Disparue emportant cette ardente union
Capable de former la révolution
En tout cas triomphante, un passé pour nous dire,
Chassant les goguettiers, ce que craignait l'Empire !
Véritable phénix, est-ce la liberté
Qui devait, dans le feu, naître de ce côté,
Feu pour se propager embrasant ces Barrières ;
Belleville en premier rempli d'incendiaires
Eut-il à voir l'émeute entrer chez nos commis
Enjoints à cet effet, non par des ennemis,
De quitter leur local, d'emporter au plus vite
Tout objet précieux ; est-ce ainsi que leur fuite
Par trois fois désertant leur épais bâtiment
Fut de la liberté le premier élément ;
Tel, ayant pu servir d'allumette électrique
Pour éclairer le pas vers notre République !
    Montreuil, près du faubourg : tenait-il le côté,
Dimanches et Lundis, toujours très fréquenté
Devant l'aire d'octroi, partant des encoignures
Pour rien qu'à leur rappel égayer les figures.
Par n'importe quel temps ces larges seuils ouverts
Comportaient-ils l'attrait répondant aux concerts
Des divers baladins répandus en grand nombre,
Quelquefois dans la salle accusant un encombre
Et pourtant tolérés par le restaurateur
Qui devait, comme amorce, accepter ce chanteur
Parlant à l'ouvrier du couplet populaire.
Le cuisinier, surtout, à tous savait-il plaire,
Blanc de la tête aux pieds, son entrain travailleur
Tranchant, faisant des parts, essuyant la sueur

En perles sur son front; voir tout son tripotage
Etabli près du seuil, aimait-on au passage,
Parmi le bruit des bols, des couverts et des plats,
Des refrains baladins, des rires aux éclats
Entendre répéter, désespoir de Tentale,
Sans les six pauvres sous pour s'asseoir dans la salle :
« Un rôti de mouton ! une tête de veau !
« Pour deux sous de fromage où : Trempez au poireau !
Là, du vin d'Argenteuil, sinon des mêmes treilles,
Par chopines en tas de cinquante bouteilles !
Tel « petit huit » sablé dans des verres rayés,
Soit, les objets servis tout aussitôt payés.
Cette encoignure ainsi vous offrant pour préface :
Le comptoir, l'œil de bœuf au-dessus de la glace ;
Réceptacle d'objets adroitement groupés,
Etait-ce à voir le pain en deux sous tout coupés
Produits en pyramide ; amorce prévoyante,
La vaisselle est au bout, chaque part non cassante,
Tels assiettes et bols de solide épaisseur
Pour les laisser tomber à n'arriver malheur.
Là, de brillants couteaux ; toujours frais d'étamage,
C'est le tas de couverts auprès du grand fromage,
Tel Briard, sur paillis, offert sans vermisseaux !
Rayé par le calcul en triangles égaux,
Figure de scalène, et puis cette corbeille
Aux œufs durs, ces deux brocs, ce vin de la bouteille,
Ces verres, dans l'un d'eux a-t-on mis un paquet
D'allumettes pas cher, enfin, ce tourniquet
Au disque rotateur que l'on tourne et qui crie
Engageant les buveurs à faire la partie.
Ici, la carte exclue étant pour retenir
Sans profit l'obstiné, trop souvent le soupir
De l'épouse économe aussi bien pour la mère
L'instrument conduisant tout droit à la misère !

    Devons-nous maintenant enfoncer nos regards
Au sein de la campagne offrant de toutes parts
Les longs jardins murés du pays qui présente

Un fruit avec le goût, la grosseur transcendante,
En tout cas payé cher par les heureux du jour
Pour croire, avec raison, à la pomme « d'amour »;
Toute pulpe donnée entrant dans la puissance
De sa défloraison; soit, par toute la France,
Chez les fameux gourmets est-il qu'on fasse accueil
Particulièrement aux pêches de Montreuil,
Lorsque le restaurant en place sur sa table
Au prix de deux francs pièce! ainsi ce fruit comptable,
Pour produire beaucoup, d'apprêts particuliers
Considérant alors ces fameux espaliers
Avec la courte souche. Ont-ils longue existence
Pour plaire en éventails sur la vaste distance
Enduite avec la chaux, leur exposition
Au pouvoir d'absorber le plus brûlant rayon ;
Partant, ces murs, exprès, à six pieds de distance
De quelque basse haie, un sol en conséquence
Meublé sans accessoire avec le soin dévot
Pour que l'air et la pluie atteignent le pivot
Du « Persan » s'étalant avec ses fruits splendides
A croire être plutôt sorti des Hespérides!
Tend-il alors ses bras dessus le dur mortier
Ne devant à l'insecte offrir aucun quartier
Pour devoir exposer, sur vingt pieds de puissance,
Aussi bien le goût fin que la riche nuance!
L'esprit cultivateur encourt-il des revers
Au retour du printemps pour mettre les hivers
A profit. Prévoyant, est-ce ainsi qu'il travaille
A la production de longs treillis de paille
Qui doivent, au retour de la douce saison,
Se changer en rideaux devant la floraison
La nuit pouvant souffrir des glaciales brises.
Un pouvoir maladif aurait-il quelques prises
Sur l'arbre précieux, tels sont les soins constants
Qui brûlent du tabac sous les bras languissants
Peuvent poivrer la fleur pour que nulle rapine
De bourdon n'aille ôter de la frêle étamine

Le pollen producteur, tel prévoyant pouvoir
Pour un gros intérêt alors qu'il faut savoir
Que l'arbre dirigé par certain savoir faire
Peut rendre vingt écus à son propriétaire !
 Las ! quel orgueil pour vous, Anglais si désireux
De luxe et de rapport, si votre spleen fiévreux
Pouvait dans le brouillard où vit votre culture
Faire mûrir des fruits de si belle nature !
Et que, rivalisant Montreuil et son trésor,
On pût dire ou citer : La pêche de Windsor !
Si dans vos carrefours, aux fins d'un bel antomne,
On entendait crier : Raisins de Folkestone !
Alors, ne verrait-on, ainsi que les oiseaux,
Tous vos Lords émigrer vers nos pays si beaux,
Heureux d'y rencontrer avec de gais visages
Ces espaliers grimpant au faîte des cottages ;
Jamais ne verrait-on votre spéculateur
Acheter le rapport de l'arbre encore en fleur,
Emportant à prix d'or, au delà de la Manche,
Comme objet curieux, un fruit sur sa branche !
Doit-on comprendre ainsi votre Pitt si jaloux
En attachant sur nous son obstiné courroux,
Ses regards étendus du côté de la France
Qui devait envier sa fertile abondance
Comparée au rapport de son épais brouillard.
 Portons-nous maintenant à jeter un regard
Sur l'octroi, son travail qui doit, prudent et sage,
Arrêter, en paniers, tous ces fruits au passage.
Sonde en main approchant près du cultivateur,
Devient-il son effroi, sa sonde de malheur
Pour lui faire entrevoir une pointe du diable
Agissant sans pitié ! mais l'octroyen comptable
De prudence, surtout de zèle intelligent,
Pour le pauvre chariot n'est-il point exigeant,
Cependant qu'il ne doive en sortir l'arrogance.
Avec célérité celui-là qui s'avance
Dans un char à ressort est-il donc en retard

Pour courir, obligé de demander égard
A son immense apport accusant par derrière,
Par devant, sous la bâche et comblant la civière,
Quelque trente paniers blanchement entoilés !
La fraude aurait beau jour sous ces fruits ficelés !
Avec mauvaise humeur, c'est ce retardataire
Qui doit trouver bien dur à devoir satisfaire
Aux rigueurs de l'octroi lorsqu'il lui faut choisir
La transpersation, sinon de découvrir
L'aspect pyramidal de tendre corpulence.
En verra-t-il donc dix, c'est la moindre exigence,
Objets dépréciés s'il faut que le sondeur
Imprime son devoir, viendrait-il qu'un fraudeur
Pût se fier dessus des pressions mauvaises
Pour placer en dessous d'un faible amas de fraises
Certain récipient plein de spiritueux.
Rebelle à satisfaire au vœu prétentieux,
C'est le spéculateur, la figure colère,
Pour maudire à gros mots nos commis de barrière,
Alors qu'un chef arrive, est-il que le brutal
S'apaise en entendant parler procès-verbal.
Le temps passe, au carreau souvent une seconde
Fait-elle préjudice, il adhère à la sonde,
N'ayant rien à gagner, est-ce en baissant le ton
Qu'il demande au commis que la sonde à coton,
Ce mince acier poli, sa longueur effilée
Vienne agir en ce cas ; soit, la tête affolée
De ce fiévreux passant qui voit, non sans douleur,
La pointe, de ses fruits aller percer le cœur !
Laissé libre, est-ce alors en roulant vers la halle
Le citoyen blessé par la forme légale
D'une loi détestable avec le laid côté
Qui touche à l'intérêt comme à la liberté ;
Devant se demander si quelque autre système
De rapport plus conforme au respect de soi-même
Ne pourrait avoir lieu ; justement balancé,
Si, comme en Angleterre en tout cas effacé

Cet impôt ne pouvait sortir d'une puissance,
Sur notre libre à part, sans aucune influence,
Sans devoir, est-ce à dire avec l'esprit honteux,
Etre obligé d'offrir au regard curieux,
Tout en parlant au droit en tout cas fort honnête,
Ce que la femme tient dans sa case secrète
Soit, la rougeur au front quelque secrète part,
Le cas qui dut m'échoir aux Lafitte et Gaillard :
Est-ce pour le colis désigné d'aventure
Entre plusieurs qu'un jour je plaidai l'ouverture
Près d'un charmant minois, mon intimation
Qui le fit tressaillir ! Cette indication
De rougeur découlant de l'impression chaude
Pour me faire entrevoir un indice de fraude.
— Monsieur, dit la sensible après un long soupir,
Tout autre à vos regards pourrais-je bien l'offrir
— Il est lourd cependant, qu'elle est sa contenance?
— Du linge, voilà tout, n'osant dire en substance
Son état... Cette femme eut-elle avec douleur
A m'entendre lui dire : en ce cas nul malheur
N'en peut-il résulter, un hasard le commande,
Ouvrez. Bien forcément, cédant à ma demande,
Le colis découvert, soit, le mauvais côté
De l'octroi qui dut voir un linge ensanglanté,
De chemise, jupon que cet esprit pudique
Avait voulu soustraire à mon devoir pratique.
Mais ce colis ouvert semble-t-il bien profond;
Est-ce alors que la loi frappe d'un double affront
Ce sexe voyageur lorsque dans son service,
Ne devant rien toucher, l'employé sans malice
Conforme à son devoir de tout approfondir,
Demande à voir au fond; elle qui doit sortir
Sous l'œil du passager émergeant des deux rues
Soulever tout au moins ces traces de menstrues
    Cruelle est cette loi qui d'un autre côté
Est aux mains d'un commis plein de sagacité,
Sans doute, mais au fond qui frise l'impudique.

Cet octroi rigoureux, alors que sa pratique
Laisse le préjudice avec le temps perdu,
Fut-il bien attaqué, plus d'un sage entendu
Par la presse y songeant s'est-il fait de la bile
Pour ôter cet impôt ; ôter n'est difficile,
A-t-on dit, à savoir qu'on ne peut se passer
Du fond, dites alors par quoi le remplacer?
Problême difficile. Effaçant la barrière,
Mettrez-vous son rapport sur la part mobilière,
La cote personnelle? impossible ; d'ailleurs
Ces deux impôts de par les rois, les empereurs,
Portent-ils avec eux les dernières limites!
Lorsqu'il est dit alors que les bourses petites
Qui consomment le plus ne pourraient rien payer.
Faudrait-il donc alors s'attaquer au loyer?
Estamper les locaux ? pour un droit arbitraire
Eh quoi, s'abattre encor sur le propriétaire
Que la mauvaise foi grèverait doublement !
Si l'octroi fait sentir quelque mauvais moment,
Faut-il le supporter à savoir qu'en substance
C'est le répartiteur par la juste balance
Sans ce traître caprice arguant bien ou mal
Qui sur un à peu près taxe votre local !
Faut-il donc avoir vu ces commis sans scrupules
Accuser l'injustice et rendre toujours nulles
Nos réclamations pour trouver à ce prix
L'octroi, malgré des torts, parfaitement compris!
Donc, vivra-t-il toujours, étendu sur la France,
Pour dans tous ses pays détourner l'influence
Des émigrations qui préfèrent l'exil,
Voire au prix d'affronter quelque mortel péril,
Plutôt que de rester sur un sol sans commerce,
Dépourvu de canaux, de chemins de traverse,
De bienfaits communaux en avons-nous la foi,
En tous lieux répandus par l'effet de l'octroi.
Nos voisins, direz-vous, n'ont-ils point sa pratique
Pour fort bien s'en trouver ; toute aristocratique

Si l'Angleterre, encor, de lui n'a point usé,
C'est que moins que chez nous son sol est divisé.
Ces quarante millions produits par la barrière
Chaque année, ont-ils fait, dont notre France est fière,
Ce Paris assaini, cette belle cité,
Quand sur un de ses ponts notre œil est arrêté,
A songer ce qu'était son vaisseau dans le sable
Qui nous fait murmurer : quel coup d'œil admirable !
  Cet octroi si maudit, son dur arrêt donné,
Tient-il pourtant du bon pour celui-là traîné
Vers sa grille en dormeur. Frappant sur sa voiture,
La sonde le·réveille, est-elle donc si dure
La fatigue des champs pour forcer quelquefois,
Après notre averti, le pauvre villageois
A reprendre sommeil pour ne plus être maître
De veiller sur son bien. Le fruit de son bien‑être
A-t-il donc pu le voir en butte tour à tour
A la traître gelée, à l'agaçant amour
Du chat dévastateur, aux pierrots, aux limaces,
Aux fourmis, aux vers blancs, à ce vent dont les traces
Avec des fruits tombés vous font si mal au cœur !
Pour dans Paris, la nuit, être en butte au voleur.
Contre lui conjurée, il a vu la nature
Et voici que tranquille au sein de sa voiture
Un plus traître ennemi vient le mettre en éveil.
Jugez du malheureux, n'ayant point son pareil,
Pour toucher le tribut prix de sa patience
Qui doit trouver encor la sourde concurrence !
Dès lors, en nous quittant, a-t-il fermé les yeux
Loin du centre, à l'endroit désert et ténébreux,
Au bruit de ce cahot et lent et monotone
Où le sergent jamais n'attache sa personne,
Que, derrière son char, au cul toujours penché
Vers le sol, tout autour parfaitement bâché,
Armé de son couteau le filou se présente
Qui tranche les cordons de la rustique tente,
S'empare du panier plein de chère primeur

Pour que le malheureux conçoive le voleur,
Les yeux tout ébahis, dirais-je tout humides,
Arrivé sur la place aux diurnes subsides !
  De ses traits généraux ayant pris le coup d'œil,
Portons-nous maintenant en délaissant Montreuil
A la suite du mur, tels, presque séculaires,
Vers ces ormeaux témoins des amoureux mystères,
Des crimes, voire avant mil huit cent trente-deux,
Des combats résultant de l'entrain frauduleux
Ayant pour aliment des terrains de cultures
Dans toute leur longueur bordés par des masures
Avec des lupanars, refuges assurés
D'une écume comptant tous les êtres tarés
Produits par le faubourg, soit, cette perspective
Calme pendant le jour, mais lorsque l'ombre arrive,
Où l'on etend les cris, le râle des lutteurs,
Partant de ces taudis, un bruit de tapageurs,
Fécond engendrement des plus cruelles scènes ;
C'est qu'ici nous tirons vers le cours de ....

XXIX

VINCENNES

La limite du bruit, de l'essor commerçant
Ne laissant après lui, comme effet tout puissant
Longtemps accentué, que le ruban verdâtre
Asile de la paix, son long cours le théâtre
De travaux maraîchers dans toute leur beauté.
Parmi ce boulevard conséquemment porté
A recevoir le flux du faubourg Saint-Antoine,
Entre tous les locaux, vulgaire macédoine
De tripots, de hangars pour les cultivateurs
Et d'abris chiffonniers ; nos yeux observateurs
Ont-ils à rencontrer, bien rare sur la ligne,

Quant au trait frauduleux, une apparence digne
De n'offrir nul soupçon aux ambulants d'octroi.
Voir ce bâtis tout gris, tout fendu, sa paroi
Raboteuse; avaient-ils en dédain cette hutte,
Collectrice pourtant, pour voir la ville en butte
Au mécompte onéreux. En fut-il donc un jour
Qu'en passant sur ce point l'habituel grand tour
Des commis en bourgeois, autrement la brigade
Eut à considérer, partant d'une ambuscade,
En face ce hangar, dépourvu de locaux,
Sans porte bien visible, un transport de tonneaux !
Voire au sein de la nuit ce départ insolite,
Le flair devait-il donc attacher une suite
Attentive au regard de ce toit malheureux
Sans offrir de débit; constatant des fûts creux
Employés pour le vin, devait-on donc encore
S'assurer des fûts pleins ; la matinale aurore
Après huit jours de guet eut-elle à laisser voir,
Aux commis déjà pleins d'un fiévreux désespoir,
Le seuil soudain s'ouvrir et la vive enfilade
D'un chargement de vin pénétrer sous l'arcade
Refermée aussitôt. Plus de doute permis,
Le calcul frauduleux devait-il être admis.
Surprendre le délit était tout; pour ce faire,
Brigadier, contrôleur aidés du commissaire
Vinrent-ils sans délai trouver ce riverain
Pour devoir constater un conduit souterrain
Offrant à fleur du sol, caché par de la paille,
L'entonnoir ou d'un trait on vidait la futaille ;
Soit, dans le remblayé son tuyau conducteur
Envoyant dans Paris le vin ou la liqueur
Pour produire à la ville un tort considérable !
Vint-on à tout saisir aussi bien le coupable,
Tonneaux vides et pleins, les creux, conséquemment,
Au taux de ces derniers saisis fictivement.
Quoi, le procès-verbal, demandait-il à l'homme,
De sept à huit cents francs une aussi grosse somme

Qui le mit en défaut, quand d'un autre côté,
Le complice surpris, sur-le-champ arrêté,
S'étant dit insolvable, au bureau de Vincennes
Les mit-on sous verrous pour ouïr les rengaines
Comportant deux feuillets d'un long procès-verbal ;
Dame justice, enfin qui pour effet final,
Par la prison, l'amende, elle surtout très-chaude,
Dut bien les dégoûter de ce moyen de fraude !
    Malgré le temps si cher accusé dans la main
De l'imprimeur, faut-il rebrousser ce chemin
Pour donner à ces murs leur véritable histoire.
L'oubli nous ayant fait passer un fait notoire,
Faut-il donc, entraînés par certain souvenir
D'un passé déjà vieux, sur nos pas revenir.
Conduits dans l'entre-deux, s'en allant des Couronnes,
A Ramponneau, partant, pour nombre de personnes,
Comme aussi pour l'octroi, surnommé l'Orillon.
Deux mois avant d'entrer dans le grand bataillon
Soit, en quarante et un, mon oubli tient l'excuse,
Cet endroit fit-il voir la souterraine ruse
Dont un jeune Octroyen eût à trouver l'honneur
De l'éveil pour le mettre en chemin d'inspecteur.
Mais le dit-on du temps me met-il en mémoire
Qu'un aide le servit, beaucoup ont pu le croire
Jasant du Receveur qui, dans les alentours
Soit, le matin surtout, prenait l'air tous les jours.
Ce dernier pouvait-il en fumant sa bouffarde
Mieux qu'un jeune commis mobile prendre garde
Aux moindres incidents occupant le quartier,
Observer dans ce cas, sans débitant métier,
Le seuil qu'il pouvait croire assurément tranquille
Devant lequel pourtant un fort chargement d'huile,
Enigme à déchiffrer, avait pu faire arrêt.
Un dépôt dans ce lieu... le voisin intérêt
Du fisc bellevillois était pour le connaître ;
Un second chargement eût-il à faire naître
Le soupçon concluant qu'un souterrain boyau

Pouvait se trouver là ; devait-il de nouveau,
Par des détours adroits, en observer la trace
Pour, un rapport dressé, faire rompre la glace
Des chefs du tapis vert devant conséquemment
Le louer, le porter pour un avancemenт.
Garder par intérêt pour lui seul cette affaire,
Le vain ambitieux sans doute eût pu le faire,
Mais âgé qu'il était, qu'attendait-il encor ?
N'étant que de troisième, au jeune et bel essor,
N'avait-il point un fils pour qu'il lui soit utile ?
L'inspecteur vit-il donc le jeune Titreville
Je m'en tiens au dit-on, venir lui faire part
Du délit souterrain. Est-ce alors au regard
D'un dépôt constaté que notre grand office
A côté du portant l'écharpe de police
Fit son irruption, passant par la maison
Pour trouver une cour, là, la perforaison
Profonde de cinq pieds constituant la cage
Capable de servir au plus prompt dépotage
D'une huile, ainsi tout droit, s'en allant dans Paris
Pour trouver un égoût parfaitement compris
Dans un local en face offert sous la rubrique
De : *Marchand de cafés.* L'instant fut-il critique
Pour ce fraudeur alors pris le baril en main
Qui dut tout acquitter pour voir le lendemain
Les frères Lagoguay, tels ci-devant en cause,
Se livrer plus heureux dans cette honnête chose
Des déménagements. L'esprit intelligent
Du commis de troisième peut-il être engageant
A laisser croire au flair parti de sa pensée ;
Ayant marché sous lui, ma mémoire est penchée
A lui donner raison connaissant la valeur
De son tact dont l'octroi s'est toujours fait honneur.
　Étendons nos regards du côté de Vincennes,
Du *Trône,* autrement dit, sont-elles incertaines
Ces appellations pour devoir constater
Celle-là plus vulgaire ainsi qui dut porter

Nos administrateurs à prendre la première
Répondant au pays en face la Barrière.
Ce baptême de *Trône* a-t-il droit à l'éveil
Pour savoir que Louis surnommé Roi soleil
En seize cent-soixante, avec seize ans encore,
Par-là devant passer avec cette pécore
Traître d'Anne-d'Autriche, alors l'édilité,
Pour ces grands orgueilleux, qui fit sur ce côté
Un trône, étant compris par certaines personnes,
Digne de l'agrément de deux hautes colonnes
En pierre. Est-ce d'abord l'architecte Perrault
Qui les offrit en plâtre ; admises sans défaut
Avec arc-de-triomphe, en vint-on donc à faire
Ces deux hauts monuments niveau de la barrière,
Disons, à commencer, lorsque leurs bas tronçons
Durent longtemps offrir le retrait des maçons.
Est-ce après cent-dix ans, la courbure détruite
De leur arc triomphal qu'on en reprit la suite,
Voir encor l'abandon pour, après cinquante ans,
Sous notre vieux Philippe aux vœux les plus ardents
Quant à grandir Paris, les admirer finies.
Sur elles devait-on attendre deux Génies,
L'effet heureux bien sûr qu'aurait voulu Perrault ;
Sur ce décor portant trente mètres de haut,
Tel que « Napoléon » de la place Vendôme
A l'air de blanchisseuse élevé sur un dôme,
La sottise voulut, comme sur deux piquets,
Offrir des Rois en bronze, effet de deux paquets
Laissant le curieux à cet aspect sourire
Se demander vraiment ce qu'on a voulu dire
D'avoir mis *Louis IX* dit saint..., sur un côté,
Celui-là qui, deux fois, eut cette iniquité
D'entraîner ses sujets par croyance pieuse
Devant les Turcs d'abord, avec perte honteuse
De trente kilos d'or rachat du prisonnier,
Las ! son pauvre pays qu'il a fallu saigner
Ayant ainsi laissé tristement affamée

Et détruite aux trois quarts toute une grande armée !
Rapportant tristement, pour compensation,
Un vain rond épineux !... notre indignation
De grandir à savoir ce bourreau de la France,
Après avoir rendu cette affreuse ordonnance
D'établir un bûcher pour le blasphémateur
Qui put donc, de nouveau, se faire recruteur
De pauvres oubliés, malgré l'état critique
Pour reprendre en dévot la route de l'Afrique
Soit, y mourir enfin en fanatique esprit !
Pour paire à ce sujet, en fut-il que l'on prit
Son deuxième ascendant, l'affreux Philippe-Auguste
Spoliateur des Juifs. Etait-il donc bien juste
De rappeler ce traître, avec pareil dessin
De conquérir un mythe, autrement ce « lieu saint. »
La sottise portée au plus haut caractère
Avec le roi Richard, tel Anglais son beau-frère,
Arrivés en Asie, aussitôt empestés !
Philippe voulut-il revoir les beaux côtés
De son pays alors, pour laisser à la guerre
Richard en lui jurant de ne jamais rien faire
Contre tous les Etats étant en son pouvoir.
Philippe ainsi rentré devait-on donc le voir
Trahir tous ses serments, former des représailles
Pour perdre tout le fruit de sanglantes batailles.
Soit inutilement, l'or, le sang des français.
Tel qui finit ses jours avec d'affreux excès
Contre les Albigeois, faisant partout des landes,
Edictant la prison, le fouet et les amendes
Sinon, dans certains cas, la réponse du feu
Pour quiconque avait dit : Sacrebleu ! Ventrebleu !

Songeant à ces esprits, en nos jours de lumières,
Ayant pu sous nos yeux placer ces caractères,
Sommes-nous affligés ; savoir des idiots
Assurément guidés par des tendants dévots
Quant à désespérer ! Pour effacer leur trace,
Lorsque la liberté, éminemment vivace,

Devra rendre un passé renfermant notre honneur,
Est-ce ainsi qu'on verra, réponse à cette erreur,
L'esprit faire tomber ces deux tyrans par terre
Pour à leur place offrir Rousseau près de Voltaire,
Sinon, l'esprit guerrier justement évité,
Au moins deux fondateurs de notre liberté !
　　Considérant ces fûts couverts de cannelures
Par Etex et Dumont, tels supports des figures
De douze pieds de haut avec grillé tournant,
Leur piédestal carré sous l'aspect fécondant,
Par Desbœufs et Simart, des traits de la victoire,
Du chêne et du laurier ; était-il donc à croire
Que ce creux piédestal jusqu'aux fondations
Pouvait être à l'abri des révolutions ;
N'en fut-il rien alors que dans la part massive
Où le poste existait, où notre part active
Lui disparu, dès lors, là prenait son repos ;
Est-ce en mil huit cent-trente, à ne sais quel propos,
On put mettre le feu ! Malgré bien des années
Entrant dans mon passé, ces pierres calcinées,
Partant du trait voûté, je crois les voir encor.
　　Ces colonnes de loin, majestueux décor,
Sauraient-elles compter un par trop large espace ;
Ayant voulu meubler noblement cette place,
Perrault pensait-il donc à d'autres éléments,
Lors qu'en... quatre vingt-trois on fit ces bâtiments,
Parallèle décor, leur trace latérale
Formant l'embranchement de la ligne fiscale
Qu'un Ledoux, architecte alors devait créer
Pour le seul ornement ; devait-on voir errer
Son esprit en voulant répéter la figure
D'antiques monuments, massive architecture
Restée encor debout dans les deux que voici
Et dans ce qui formait Charenton et Bercy ;
Cet entêté Ledoux, fier de son entreprise,
Qui, cinquante-cinq fois, fit la même sottise !
Si l'on veut excepter du jardin de Monceaux

Ce petit pavillon en ligne des arceaux
De ce lac tout mignon où les flammes fiévreuses,
Du lubrique Louis aimait voir des baigneuses.
  Devons-nous avancer, qu'un grandiose abord
S'impose à nos regards lorsqu'il nous faut d'abord,
A droite, nous heurter à ce bizarre ouvrage
De monument antique ici, qui se dégage,
Serré de trois côtés par les puissants ormeaux,
Pour offrir au regard de trois points cardinaux,
Produit par de lourds blocs, un effet de toiture
Aux traits trianguleux, le trait d'architecture
Son parallèle en face exactement suivi.
Mais quoi, trop éloigné pour que l'œil soit ravi
Du décor affaibli par l'immense surface.
Arrivés au milieu de l'octroyenne place,
Après avoir passé des colonnes l'écart,
A l'une faudrait-il demander un regard ?
Pour nous la clé du seuil n'étant point défendue
Pénétrons dans son creux, visant au point de vue,
Par l'escargot donné pour gagner le support ;
Dès le premier coup d'œil étendu vers le fort
A l'angle verdoyant, muette sentinelle,
Poussiéreuse l'été, nous voyons la tourelle,
Par derrière, les tours, jadis objets d'horreur ;
Château, prison, couvent avec la profondeur
Pour laisser supposer toujours quelque mystère.
Là, quel superbe effet, partant de la barrière,
Que ce cours ombragé, droit s'en allant au fort,
Le plus large produit du carrossable effort !
Entre des creux profonds, tels bas fonds de décharge
Où d'heureux jardinets ont su prendre le large,
Au bout, la voici donc cet immense forêt
Où l'esprit botaniste a pris peu d'intérêt
Qui voyait autrefois celle de Romainville
Pour être la plus près des portes de la ville
Lui disputer le pas. A l'opposé nos yeux
Doivent-ils rencontrer le spectacle fiévreux

Du travail d'un million et plus de particules,
Autrement de la ruche aux cent mille cellules !
Au bruit sensible à peine, à partir de ce bord,
En temps de paix, partant d'un libéral effort,
Aux coups volcanéens l'infernale puissance
Pour juger de la foudre un jouet d'innocence !
Relevant de celui qu'avait écrit Barbès
Après l'averti du : *Mane thecel pharès.*
De Mai soixante et onze, hommes de rare audace,
Dignes fils des lutteurs de la plus noble race,
Un contre cent, deux jours, de fiévreux fédérés
Ont-ils produit le bruit d'affreux désespérés,
De ce plateau que tel eût pu peut-être entendre
Mais que l'incandescence eût sitôt fait descendre,
L'œil vitré, le front lourd, bien plus que soucieux,
Fou de terreur fuyant cet enfer désastreux,
Tel ayant de Juillet perforé la colonne
Qui pouvait envoyer, à ces géants du trône,
En sait-on, quelquefois, de bienheureux hasards,
Des ricochets pouvant frapper leurs deux Césars !
   En attendant les dons qu'un jour la République
Apportera dessus cette place publique,
Observons son faubourg où l'on voit la vapeur,
Avec son souffle blanc, rire de la lenteur
Du passé produisant en moins d'une journée,
Ce qu'aurait demandé presque toute une année !
A nos pieds, c'est la place aux pavés diamants
Portant la diligence avec des sautements
A décrocher le cœur ! est-ce aux maisons premières,
A gauche du faubourg, celle-là dont les pierres
Refuge des voleurs, fait de minorité,
Ont dû rester vingt ans sans leur seuil habité.
Emergeant des côtés, l'aspect de ces allées
En courbe, au sable fin rempli d'herbes mêlées,
Sous l'ormeau. Tout au bord, ce bureau d'inspecteur
Des fiacres sans clients, accusant le dormeur
N'ayant à voir charger que de rares personnes ;

Enfin, ces deux poteaux, en regard des colonnes
Avec le long filin tendu par le travers
Du vide des deux fûts, bienfait des temps couverts,
Vous offrant à deux becs le branlant réverbère.
Reprenant le coup d'œil dehors de la Barrière,
Lui touchant, mince effet, voici l'étroit bureau,
Par derrière, attenant au bâtiment jumeau,
Le poste de soldats ; au pavé le bornage,
Cet aide à l'octroyen pour sonder le fourrage.
  Descendons pour fixer ce bureau basculeur
Près du plancher mouvant où la forte lourdeur
De tout char doit passer ; c'est l'antre de Mercure
Avec l'habit bourgeois, quelque expression dure
Qui ne saurait rester au sein de son bureau
Pour attendre une aubaine, avec l'œil au carreau,
Afin que le profit, est-ce quand même abonde,
S'en va-t-il raccrocher, du boulevard de ronde,
Pour le faire arriver devant son caboulot
Tel chargement de pierre ou d'énorme ballot,
L'œil au moellon surtout ; voyez-vous la figure
Interdite à ce cri d'arrêter sa voiture
Pour des fers de sa roue exercer la largeur,
Et venir s'attacher à son pont basculeur ;
Avec l'accent du dogue ainsi flairant la prime,
Le commis sans-contrôle entraîne sa victime
A charger le plateau, le char ainsi calé,
Tel est l'opérateur, un grimoire étalé
Sous ses yeux, pour l'effet, qui bruyamment vous lance,
Ainsi qu'un fort à bras, des poids sur la balance
Lorsque à sa porte alors, est-ce l'intéressé,
A n'y voir que du feu, partant, le front plissé
Qui peut voir le jongleur avec l'air en colère
Sortir et l'aborder de par cet arbitraire,
Sans contrôle, appelé pour juger l'incident ;
Pour lui crier qu'il a du poids en excédant !
Soit, son poil hérissé, comédien qui joue
Avec le mètre mis dessus le fer de roue ;

L'aboyeur, à savoir qu'il commet un excès,
Pour un demi-kilo prêt à dresser procès,
Lequel, conséquemment, doit lui rapporter prime
Tel transigé sur l'heure. Est-ce alors la victime
Lorsque le temps s'écoule, ici, comment prouver
Que son cas n'a pas tort, qui doit donc arriver
A desserrer sa bourse et payer sans mot dire.
Cet arbitraire fisc aboli par l'empire
Devait-il, en tombant, son abus attesté,
Avec l'heureux soupir rendre la liberté
Au trafic général, au conducteur de pierre
Par exemple forcé d'entrer par la barrière
Pour acheter son poids, puis après demi-tour
Ressortir de Paris. Devait-il être sourd
A ce fiscal devoir, si loin fut sa conduite,
Le basculeur alors s'acharnant à sa suite
Forçait le pauvre diable, en ce cas menacé
De procès, à venir sur le chemin tracé
De son pont à bascule où, rapport de la charge,
Avec son fer de roue, était-il donc trop large,
Celui-ci, d'un millième, un procès et sitôt
Le transigé de par le plus inique impôt !

          Produisant devant nous un matinal passage,
Dirait-on cinq amis dans ces soldats; je gage
Qu'on pourrait s'y tromper, les voir se diriger
Vers le bois, deux vont-ils pourtant s'entregorger !
Le chauvinisme après la triste période
De l'Empire tombé, son exécrable mode
Des duels au civil accusés tous les jours,
Florissait-elle alors parmi nos troubadours
Voire dans l'octroi même, où, quelque mot pour rire,
Accusait l'ombrageux pour faire aussitôt dire :
« Dans le sabre est l'honneur, deux témoins, c'est certain,
« Relevés, pas plus tard que dès demain matin
« Nous nous rencontrerons ! » Je crois répondre encore
Le souris sur la lèvre à ce vieux matamore
Qui me savait n'avoir manié qu'un couteau :

                                  4

Très-bien, attendez-moi, vous savez, sous l'ormeau...
Mais le cas du soldat avait-il pour son compte
A ne point balancer, une constante honte
Eût suivi ce refus ; est-ce ainsi qu'aux barrières
Devait-on voir souvent passer ces militaires
Distancés de deux pas par un grave sergent
Maître d'armes donné qui, pour ce cas urgent,
Emportait sous son bras, dans une verte serge
Le couple d'espadons avec cette flamberge
Qui devait lui servir, dans le feu du duel,
A produire l'écart de quelque coup mortel.
Grâce à ce vétéran, fut-il que notre armée
En vint à n'être pas tous les jours décimée !
      Touchant l'intérieur aux deux côtés déserts,
Avec des bancs, l'été, bien rarement couverts,
Fut-il que sous le Corse une initiative
De plaisir vînt alors donner la vie active
Au faubourg descendant ; après pâques donné,
Offrir au saltimbanque un essor moins borné,
Attirant ces forains, des enfants, les délices,
Pour commencer alors la foire aux pains d'épices.
Soit, quinze jours durant, sur ce vaste rond point,
Le flot envahisseur pour s'accuser au point,
Contraste des longs jours sans passagère trace,
D'être étouffé tendant à contourner la place !
Lorsque les policiers ont peine à contenir
Le reflux sur la ligne où le char doit courir ;
Quant au dimanche soir, sur la large chaussée,
Doivent-ils s'arrêter dans la foule pressée
Toute fiévreuse au bruit, faut-il dire infernal,
De cris et de pistons, de l'élan bacchanal,
Des pitres, forts à bras, voire aux formes coquettes,
Des filles en maillot constellé de paillettes ;
Appel étourdissant, clarinettes ! tambours
Sortent-ils pour parler aux lointains alentours.
C'est ainsi qu'on y voit : Loyal et sa famille
Sur des coursiers savants glisser comme l'anguille ;

Le fameux Franconi, formant sur ses chevaux,
Le grand écart suivi de la course aux cerceaux ;
Le physicien Laroche, avec un tact aimable,
Vidant pour tous les goûts sa fiole inépuisable ;
Le sauvage affamé dévorant des cailloux ;
La femme aux cent kilos vous montrant ses genoux ;
C'est Masson fort à bras, courbé sous sa charrette,
Où, quelque dix moutards, non sans passe inquiète,
Se trouvent enlevés comme des bibelots !
Là, ce sont les jongleurs aux poids de vingt kilos,
Les dormeurs clairvoyants, somnambules lucides
Au pouvoir de tromper quelques esprits candides,
Sont-ce enfin sur ce point cinquante bateleurs
Tentant à qui mieux mieux à montrer des couleurs
A l'aide, bien souvent de grossiers artifices.
Quant aux nombreux marchands, vendeurs de pains d'épices
Du côté du faubourg leur cordon descendant
Fait-il aux citoyens comme un besoin ardent
D'agir au tourniquet, soit, le dos à la foule
En face du trou large où doit entrer la boule
Quelque monstre en tableau, de chercher du bonheur ;
Là, des chevaux de bois, ici le maillocheur
Sur la tête d'un turc, de toute sa puissance,
Qui frappe et fait lever à la haute distance
Le degré de sa force. Devant des macarons,
Voici la loterie : A qui ces trois cartons !
Des planches de deux pieds ! Dès que tourne la roue
Bien des éclats alors qui se changent en moue
Lorsque la connivence a gagné le morceau.
Tirant sur le faubourg, est-il donc vraiment beau
Ce coup d'œil des marchands vous offrant sous vingt formes
En soldats ou pékins des pains d'épice énormes ;
Au taux d'un sou, de deux, partout amoncelés,
Leurs cubes succulents d'anis blanc constellés
Tentent-ils entourés de candi, d'angélique !
Tel est l'aspect souvent dont un côté critique
Est le temps pluvieux pour voir les gais amours.

S'y mouiller, cependant y revenir toujours !
   L'intérieur donné, revoyons hors Barrière
Le constant mouvement répandu sur son aire
En attendant l'acquit de la perception.
Vingt chargements sont là, leur courte station
Pour se renouveller au sein de la nuit même,
Sans octroyen rapport, renfermant le problème
Du changement à vue, alors que le matin
Chez ces mille fruitiers, entourés de plantin,
De mouron on peut voir tous ces frais radis roses
Mêlés à des bouquets de fleurs sans être écloses ;
Ces fraises en panier au brillant coloris,
Ces artichaux jamais que l'on ne voit fleuris
Pourtant dans cet état, tête d'une colonne,
Le plus bel ornement ! c'est surtout en automne
Que l'octroyen y voit défiler sous ses yeux,
Par monceaux, tous ces fruits si beaux, si savoureux :
Pêches, nèfles, raisins, abricots, poires, pommes ;
Roulement répondant à des énormes sommes !
Tel en cinquante endroits chaque jour répété
Pour offrir son partage au sein de la cité,
Devant les « Innocents » autrement à la halle
Qu'un jour nous irons voir à l'heure matinale
Observateurs des traits de notre vieux Paris.
   Pouvait-on accorder un bien faible souris
A ce large et long cours partant de la Barrière
Pour, au vu d'aujourd'hui, donner quelque matière
A la réflexion se reportant à voir
Au lieu de l'air vivant de nos jours pour devoir
Accuser des marchands est-ce à perte de vue
Faisant le côté droit se transformer en rue ;
Etait-ce à ne trouver, sans l'essor boutiquier,
Qu'un état de misère excluant tout rentier,
Forcé d'aller chercher la corne d'abondance,
A ce marché Lenoir, véritable souffrance,
Tout en bas du faubourg alors que d'autre part
Sur la gauche, ce cours n'accusait au regard,

Qu'un profond contre-bas rempli par la culture
Où, poursuivant cent pas, la curieuse allure
Pouvait trouver, greffant ou semant son pourpier,
Dans son local, encor, fabricant de papier
Pour la banque, impossible à pouvoir contrefaire
Quoi, ce fameux Vidocq, au sortir du galère
Devenu policier sous les ordres d'Allard
Pour dénoncer les siens ayant à cet égard,
Voire comme voleur de force consommée
En fin de compte pris certaine renommée.

    Avons-nous donc quitté le bord intérieur
Sans que sa gauche ait pris notre regard rêveur.
Rarement les dessous valent-ils la puissance
D'un regard que ceux-ci comptent une importance
Par rapport à l'histoire à ne point dédaigner.
Les murs bas de leurs creux vont-ils nous l'enseigner :
Lorsque jadis le Trône avec grossier barrage
Prenait tout ce travers, le politique orage
Qui tomba sur la France, en purificateur,
Devait-il dans ce lieu répandre sa fureur
Pour laisser à côté de cet immense place
Des témoins dont, bien jeune, ai-je pu voir, la trace.
Sur ce gauche côté, l'étroit chemin donné
A nos pas octroyens, employé destiné
A suivre tous les jours sa tristesse profonde,
Soit, de profonds ravins au bord du mur de ronde
Transformés en jardins, en fut-il que mes yeux
Longtemps furent rêveurs devant leurs murs terreux,
Non crépis, laissant voir dans leur gris amalgame
Des tibias humains ! avaient-ils trait au drame
De quatre-vingt-quatorze ? approchant un vieillard,
Arrosant ses radis, voulus-je à cet égard
Sur ce cas m'éclaircir lorsque l'octogénaire
Qui, lui-même avait fait ces grossiers murs en terre,
Pourtant, avec l'œil sec, me fit voir un fossé,
Le charnier qu'autrefois il avait défoncé,
Où, blanchis par la chaux, tel à court de pierraille

Il avait pris ces os pour hausser sa muraille
A hauteur de mes pieds ; étendant son outil
Contre un angle du champ, c'est ici me dit-il
Qu'un des trous fut creusé pour brûler des victimes
Dignes d'indifférence en songeant à leurs crimes,
Des traîtres en fut-il à de faibles degrés
Mais en tout faut-il voir surtout ces émigrés,
Pour grande ou faible part qui furent des faussaires,
Autrement des voleurs, ayant pu, dans leurs guerres
Tout en faisant appel au puissant étranger,
Lancer leurs assignats faux titres pour manger
Mon héritage et puis faire faillir la France !
    Tout ému je partis rêveur sur l'existence
De ces os déterrés révélant le charnier,
Ayant pris sous la chaux le jeune André Chénier
Ce cadet gentilhomme, étrange caractère,
Est-ce à trente-deux ans, étant en Angleterre,
Tel sachant notre France en révolution
Qui devait accourir avec l'expression
Libérale d'abord, lorsque sa poésie
Offrit de nobles chants ; cette route suivie,
Qui fut courte, au regard du penchant vers l'autel,
Le jeune homme à l'esprit constitutionnel
Au lieu de consacrer sa valeur poétique
A l'idylle en laissant faire la république,
Devait-il se jeter parmi les factions
Refoulant le progrès, ses inspirations,
Après les niveleurs attachant l'invective
L'ayant ainsi lancé sur la triste dérive
Du parti libéral pour devoir se cacher,
Est-ce ensuite venir à côté de Roucher
Finir sur l'échafaud devant cette Barrière.
Nous faut-il éclairer cet autre caractère,
Etant près de toucher au cinquantième essor,
En quatre-vingt-quatorze, au sept de Thermidor,
Un jour de plus sauvé ! qui fut une victive ?
De ce pauvre Roucher quel était donc le crime ?

Moins ardent que Chénier contre nos grands lutteurs,
Le poète des « Mois », un des doux encenseurs
De Marie Antoinette ainsi produit par elle
A Montfort-Lamaury, percepteur de gabelle,
Soit, par reconnaissance, eut-il aussi ce tort,
Au journal de Paris, d'encourager l'effort
Des royaux, déclamant contre la république,
Saint-Lazare aussitôt qui lui fit la réplique
Où, hasard malheureux, devait-on l'attirer
Dans un complot. Taxé de vouloir conspirer
Jusque sous les verrous ! fut-il donc que l'enquête
Devait en cet endroit faire tomber sa tête !
    Avant d'abandonner le décousu décor
De ces vains bâtiments, piètre aspect, est-ce encor
De ces deux fûts n'ayant de leur force hautaine
A fixer à leur pied qu'une morne fontaine,
Faut-il prendre en pitié l'esprit abâtardi
De nos jours qui n'a su paraître aussi hardi
Que les temps reculés, préférant la sottise
 D'attacher des millions au décor d'une église
Ainsi qui pour répondre à des dons fastueux
Se fait taxer « d'abus », au lieu d'offrir aux yeux,
Pour compléter l'esprit de cette idée antique,
Le fait monumental d'un aspect magnifique
En face de ces fûts, ceux-ci, qu'il faudrait voir
Réduits à deux enfants ! devait-on concevoir,
En se plaçant devant ces colonnes jumelles,
Un travail pour n'offrir là, que, deux sentinelles
Représentant alors les Louqsors d'autrefois
Ces monolithes faits pour honorer les rois.
Comme esprit fondateur de notre République,
Aurais-je voulu voir, quelque immense portique
Les prendre à ses côtés, partant, l'effet majeur,
Pour faire de Paris le principal honneur !
Ayant conséquemment l'énorme caractère,
Eût-ce été le travail le plus haut de la terre
Lorsque l'esprit biblique eût trouvé, fait réel,

Son inspiration de la *Tour de Babel* !
Soit, alors son effet sous un feu d'artifice
A nous parler de loin lorsque cet édifice
Attrait de l'univers, grandiose tableau,
Aurait pris en dédain cet immense tombeau
Du Nil, sous Sirius, élevant sa puissance.
Représentant l'esprit, l'union de la France,
Aurais-je voulu voir entre autres éléments
Les blocs représenter tous nos départements,
Dans la construction, ceux-ci comme une gloire,
Les envoyant gratis, pour trouver en mémoire,
Tel gravé ceux d'un pied ! son nom devant lequel
Chaque arrivant viendrait comme en face un autel,
Patriote enflammé par l'esprit du poète
Au nom de son pays là, découvrir sa tête,
Crier d'enthousiasme : honneur au grand Paris
Révolutionnaire ! à ses fils aguerris ;
Honneur à son esprit qui de ces deux colonnes
A fait tomber ceux là, des autels et des trônes,
Qui furent les soutiens pour, à leur haut niveau
Justement replacer et Voltaire et Rousseau
Sur huit cents ans d'erreur et de guerre insensée
Comme affirmation de la libre pensée !

Rêve de patriote au cœur désespéré,
Savoir l'or communal aussi mal mesuré,
Passons. Voici le bout de l'octroyen barrage,
Son bâtiment donnant le bureau du péage
Comme centre aussi bien celui de l'inspecteur ;
Tournons son gai jardin, devant lui le buveur
Voit-il le dernier seuil, caressante pensée,
Où, tel après huit jours de force dépensée,
S'en ira son repos ; sitôt l'effet tranchant
De ce pas constaté, peut on croire en marchant
Vers le calme parfait, que nos pas, par derrière,
Ont laissé le torrent pour la douce rivière,
Mieux en rapport, le lac a-t-il donc succédé
Exprimant cette paix que porte....

SAINT-MANDÉ

La comprend-t-on déjà, les yeux sur ce cottage
Qui du rentier nous offre une agréable image :
Tel est le grillagé perdu sous le houblon,
La vigne et le sureau ; plongeant dans le salon,
Alors qu'une glycine entoure sa fenêtre,
En passant perçoit-on le plus heureux bien-être ;
C'est la lampe en suspens, tel coucher de soleil,
Des flambeaux, leur pendule à présent sans réveil...
Entre les grands rideaux, au protégé d'un store,
La belle enfant lisant quelque exposé de Flore ;
Surplombant des œillets, la cage au doux chanteur ;
Complément d'un état respirant la douceur,
Du côté du jardin faut-il porter la vue ?
Tel est le jardinier, au fond, qui s'accentue
Comportant l'employé récemment retraité,
Porteur du couvre-chef par lui longtemps porté !
Considérant alors le morceau d'uniforme,
Toile cirée ou cuir, quelque casquette énorme,
Crasseuse avec le temps, comme un large plateau
Au dessous en drap vert fuyant dans le cerceau
En poignards baleinés pour offrir, tricolore,
La cocarde en fer blanc quand la visière encore
S'aplatissait au front. Quel étrange pouvoir
Pouvait ainsi pousser l'homme libre à devoir
Se servir d'un objet non point fait pour l'aisance ?
L'habitude d'abord, puis la reconnaissance
Envers celle vingt fois, de fatigue épuisé
Ayant pu l'empêcher d'avoir le front brisé
Sur le tronc de l'ormeau ! telle énigme sans doute
Pour l'ambulant commis emporté sur la route
De nos bastions nus usant d'un long parcours.
Dans de continuels et fatigants retours,

Ainsi que l'animal prisonnier dans sa cage,
Le commis de ce temps sous le puissant orage
Devait-il piétiner soit, dans le court chemin
Tourner et retourner en attachant sa main
Au pommeau de son sabre, un modèle excentrique,
Tel rebut d'officier, de coupe-choux antique,
Lui battant les mollets; pouvait-il donc venir
Est-ce à fermer les yeux ? vrai bloc à s'aplatir
Le nez contre l'ormeau, touchant l'affreux problème
Sinon de briser tout de se briser soi-même,
Tel, si son couvre-chef n'eût été baleiné
L'eût-on donc retrouvé comme un assassiné !
On conçoit dans ce cas, sans allure coquette,
Le culte du rentier pour sa vieille casquette.
Faut-il revoir encor, ce pantalon à pont,
En gros drap vert, d'abord, alors que pour le bond
Plus facile on en vint à la mode hussarde
A grands plis. En passant, faut-il que l'œil regarde
Ce brigadier d'alors, n'ayant de transcendant
Pour s'arrêter à lui que le filet d'argent
D'un centimètre au plus à l'entour de sa manche ;
Lorsqu'aux pans de l'habit qui dégageait sa hanche,
Celui-ci s'étendant à tout le personnel,
On pouvait voir alors l'effet peu solennel,
Accusé sur ce chef de commis de barrière,
D'étoile, à chaque bout, pendant à son derrière !
Produit au col d'habit, presque toujours crasseux,
Ce même liseré, si peu frappant aux yeux,
Devait-il pour former distinction complète,
Argent rongé bien vite, entourer sa casquette.
Quant au sous-brigadier, en vrai deshérité,
N'avait-il pour montrer sa haute qualité,
Parlant au chef de poste accusé le dimanche,
Que ce mince tressé sur le tour de sa manche.
Part du simple commis. Comme l'être à l'encan
Exposé chez les Turcs, j'ai porté le carcan,
Fait d'uniformité, le bouclé par derrière,

Quelque col fait en cuir, cravate routinière
De nos soldats d'alors; ses trois doigts de largeur,
Par l'inquisition, pour fournir la douleur,
Las! sans doute inventés, en tout cas la rudesse
Pour avoir bien longtemps fait souffrir ma jeunesse!
Faut-il remémorer le gain du malheureux?
Sur le pont de Bercy, partant d'un temps affreux,
Là, ferons-nous parler quelque surnuméraire
Sur ce triste sujet. En causant, la barrière,
Après un court chemin, paraît-elle à nos yeux
Pour offrir son air pur surtout ce calme heureux,
Espoir de l'enchainé, l'objet de son sourire;
Dans quelque temps donné, là, peut-on donc prédire
Le séjour des heureux, pourtant qu'il ne faut voir
Encor rien d'animé, mais facile à prévoir,
L'entrain pour s'accuser devant la perspective
Du bois et d'un canal avec charmante rive.

    L'aire de Saint-Mandé qu'abordent nos regards,
Sans débit dans ses coins, sans même de hangars
Doit-elle présenter l'étrange anomalie
D'une grille superbe. Admet-on la folie,
Où jamais ne devait s'offrir un passager,
Voire un si morne endroit, quoi, d'avoir pu songer
A l'embellissement! Mais alors que la vue
S'enfonce dans Paris, partant d'une étendue
Sous l'acacia d'où l'œil peut saisir un couvent,
N'est-on plus étonné, savoir qu'on est devant
Certain intérieur, mystérieux bien-être,
Pour sa grille avoir pris l'influence du prêtre
Etabli sur le cours, desservant à côté
La petite chapelle. Ayant ainsi jeté
Le décevant regard sur ce bord de la ville
D'où les ignorantins sortent en longue file
Les jeudis pour aller respirer l'air du bois;
Après avoir noté telle affligeante croix,
Devant le mur sans jour, au dessus de la frise
Où l'on ne voit jamais sortir que la sœur grise,

Est-ce enfin constaté, pris comme événement,
Le cri joyeux, enfin le moindre roulement;
Portons-nous au dehors où, doit-il que la vue
Ait à suivre non pas les abords d'une rue
Ordinaire où les coins sont toujours animés;
Simplement par des murs ceux-ci sont-ils fermés
Pour que nos deux commis, s'aidant de l'ambulance,
Doivent aller très-loin chercher leur subsistance.
Partant de cette grille au trait majestueux,
L'œil ne doit-il porter que sur un cours herbeux
Tout d'abord sans maisons avec des côtes larges
Compris pour le trottoir emplis par des décharges,
Laissant voir sur le cours, larges aspérités,
Des pavés de grès blancs offrant par leurs côtés,
Dans le déchaussement, la verte perspective
De gramens à donner à la part collective
Du botaniste un lot d'un intérêt puissant!
Bien fait pour rebuter le poétique accent
Qui voudrait accuser le nom de ces herbages!
Lorsque mon vers se plie à toutes les images,
Sur ce chemin fleuri saurait-il s'arrêter?
Au souvenir un jour d'avoir pu s'endetter,
D'un descriptif touchant la botanique école,
Le professeur Chatin pour croire à ma parole
Quand le poème écrit devait, sans éditeur,
Ne point aller à lui, est-il qu'en son honneur,
En attendant, hélas! quelque jour plus propice,
Je lui fasse un bouquet, tel varié caprice
Celui-là qui du moins ne se flétrira pas!
La forêt devant nous, portant avec nos pas,
Sans être dérangés, la poétique allure;
Sur ce cours aux pavés couverts par la verdure
Commençons par cueillir ce qu'on trouve en tous lieux:
  Le Paturin commun, fond du tapis herbeux
Qui semble le premier être sorti de terre;
Soit nain ou bien géant, saurait-il donc plaire
A la loupe, au regard de ses membraneux bords,

De ses frêles pendants comportant des accords
Avec l'arbre au corps mince entraîné par la tête.
C'est sur lui que l'on danse au milieu d'une fête,
Sur son épais gazon que l'amour vient s'asseoir!

    Violet, gris cendré, glauque ou tirant au noir,
Emettant, large touffe, est-ce en tige aplatie
Quelque tendre blancheur, succulente partie
Pour plaire à l'herbivore; abordons ce gramen
Tel effet, à peu près, soit de patte ou de main
Voire un pouce? un ergot? est-il donc si facile
A distinguer ce trait inhérent au *Dactyle*.
Qu'a bon droit nos auteurs ont dit *Pelotonné*;
En fleur, son groupe épais peut-il être donné
Pour sa tête penchée imiter la cascade!

    Ne faut-il délaisser son rude camarade
Plus facile à nourrir; vu dans les sols ingrats,
Comme aussi sur les murs, tel est l'*Orge des Rats*,
En touchant nos habits, son dard, longue membrure,
Qui pénètre à travers pour donner la piqûre
A l'effet importun. Ce long épi barbu,
Même pour les enfants un objet de rebut,
Lorsqu'il est jeune encor, ne doit-il tant déplaire
Pour devoir au bouquet donner son exemplaire
En le choisissant long et surtout d'un beau vert.

    Aussi rude au toucher, dès le printemps offert
Sur le bord du chemin, pour peu faut-il encore
Attacher ce sujet au sein de notre flore;
Voir ses pendants pleureurs, qu'il soit *stérile* au non,
Et varié dix fois, comme principal nom,
Vous direz: c'est un *Brome*! heureuse fantaisie
Qui pleure sur les *toits*. Ayant la poésie
Parfois superbe à voir; voulez-vous en juger?
C'est porteur de six pieds aux *champs* de Saint-Léger
Que l'œil doit la saisir; du même or que l'épautre.
Avec ses gros pendants, l'un aussi haut que l'autre,
Seraient-ce ces gramens pour charmer en tableau!

    Celui-ci produit-il un effet vraiment beau!

Quand son brillant éclat sait nous ravir la vue ;
Prodigue, étant nourri dans l'humide étendue,
Sa large panicule au ton glauque et soyeux,
Avec léger carmin, tient-elle au trait heureux
Pour que les mains, les cris de la grâce enfantine
Partent avec bonheur vers sa douce argentine.
A cet enthousiasme, à nous de prendre part
En cueillant, de deux pieds ce brillant étendard
Aux blancs reflets, riant à la *Houque laineuse*,
Molle avec des rejets, sa tête gracieuse
Au port droit pour garder encore en vieillissant,
Dans ses traits contractés, un immortel accent !
    Accusant des nœuds noirs, la panicule ronde
Ecaillée et fluette en touffe assez féconde ;
Roide sur son tuyau, voire au traits diaprés,
Comme un bâton sans nœuds, c'est le *Vulpin des prés* ;
Tel, en prenant ailleurs une soyeuse tête,
Le glauque éclat avec la capillaire arrête,
Au corps parabolique accusant des penchants,
Aux bouts atténués, c'est le *Vulpin des Champs* !
Vous offrant dans son corps, assez fait pour nous plaire
Ce fuseau bourguignon que tournait ma grand'mère :
    D'une Massette offrant quelque lourd spécimen,
Là, long comme le pouce, ici comme la main,
Faut-il voir le Panic, sans offrir d'hyperbole,
Montrer dans tout son corps des effets d'alvéole ;
Tête macrocéphale, est-ce à divers degrés,
Vous avez reconnu *la Phléole des prés*,
Représentant ainsi, par un accord étrange,
Le fléau dont se sert notre batteur en grange,
Frappant sur les épis pour les décortiquer !
    Si commun, fallait-il tout d'abord remarquer,
Comme le paturin partout portant sa trace,
Ce long sujet penné, tel tout aussi vivace
Aux tissus anguleux, alternativement
Sur la hampe formant le court échancrement
Quelque dix ou vingt fois, soit, en courbant sa tête

Partant d'un dur gazon, avec ou sans arête,
Ce gramen dit *Ivraie* étant qu'il soit donné
Dans le sens étendu. *Lolium perenne;*
Nous dit-il d'autre part, que des champs d'Angleterre
Sous le nom de *Ray-grass* il est le tributaire
Producteur des bifteks honneur de ses Hôtels.

Se rattachant à nous par des bienfaits réels,
Fatal aux champs, dès lors le gramen nuisible
A rhizomes gourmands en tout cas susceptible,
Par l'envahissement d'étouffer le bon grain ;
C'est le *Chiendent rampant*, étreignant le terrain
Frais surtout, son épi quelque courte gourmette
Au feuillage anguleux, des pieds jusqu'à la tête
Portant le sombre vert, du roide pour devoir
Reconnaître celui qui porte le pouvoir
D'entrer dans le produit d'un émulsif bien-être.

Comme autre envahisseur, pouvons-nous reconnaître,
Parmi ce frais humus, au changeant naturel
Ce gramen rhizomant, tapis sempiternel .
Si commun près des eaux; étagé verticille
S'atténuant en haut. Est-il donc si facile,
La panicule ainsi produite entre nos doigts,
D'admirer le pendant au gai chapeau chinois
Pour exclamer devant ce riant caractère
Aux trois tons mélangés : c'est *l'Agrostis vulgaire!*
Nous sortons d'un terrain rempli d'humidité,
Dans celui-là plus sec l'œil s'est-il reporté
Pour voir, faible hauteur, avec la courte enflure
Comme un effet d'outil propre à l'ébiselure ;
Certain bouton feuillé qui, pour offrir sa fleur,
Etend des bras pointus de jaunâtre couleur
Avec huppe frisée ! en tout, la simple image
D'épi foliacé dont enfin le fourrage ,
Vieilli sur mes cartons, peut m'embaumer encor!
L'avez-vous deviné, ce gramen au ton d'or
Dont la senteur aux champs et surtout énivrante,
C'est notre Anthoxantum ou la *flouve odorante!*

Habitant les talus, les bords surtout herbeux,
Hautement élancé sur son pied cespiteux,
Suit-on dans ce gramen la glume à brune arête
Avec un dos bossu déterminant la tête
Au chatoyant reflet d'une grise couleur.
Si longue panicule offrir si peu d'ampleur !
Voir les traits élancés de sa tête hautaine
Laissant croire au froment, à quelque folle avoine
Sauraient-ils donc porter un effet nutritif?
Tel est le *Fromental* au pouvoir négatif,
L'arrhénathère avec la glume folichonne
Sans la part succulente, aux bestiaux que l'on donne
Pour ne produire en tout que médiocrité.
   Au penser poétique est-on vraiment porté
En admiration devant cette ramure
Aux tons jaunes, soyeux, bien digne de peinture !
Quand le développé nous expose sa fleur.
Produits d'un court rhizome, est-on l'admirateur
Forcé devant les cils d'un ténu capillaire
Formant des ondulés, surtout du caractère
De sa glume où parmi le jaune scarieux
Le ton vert se mélange; est-il donc gracieux
Ce verticille essor à tête si coquette
Pour cueillir à plaisir la *jaunâtre Trisette*
   Voyons ce vert gazon est-ce un tapis moelleux
Rasé par les ciseaux? en approchant les yeux
De cet enraciné dans une motte dure
Peut-on bien reconnaître une vierge nature,
De feuille au sombre vert avec des bords roulés.
Peu longs et peu nombreux, mincement effilés,
En sort-il des gramens à courte panicule
Pour trois ou quatre fois jeter le ramuscule
Vous laissant à devoir surtout apprécier
Le chaume à courte feuille avec brillant d'acier,
Trait si mince produit par l'épaisse racine,
Telle est cette *Fetuque* avec surnom d'*Ovine*,
Si facile à comprendre après ces traits donnés.

www.ingramcontent.com/pod-product-compliance
Lightning Source LLC
Chambersburg PA
CBHW060814180626
46818CB00002B/823